「私はイーリ。助けて欲しい」

「本当に美味しい血とは
こういうものを言うのですわ！」

弱点ゼロ吸血鬼の
領地改革
Jakuten Zero
Kyuketsuki no
Ryouchikaikaku
1
著 純クロン イラスト だいふく

第1章
3 目が覚めれば血を吸う鬼に

第2章
17 吸血鬼、盗賊を撃退する

第3章
45 吸血鬼、村長になる

第4章
67 吸血鬼、賊を退治する

第5章
89 吸血鬼、徴税官を追い返す

第6章
113 吸血鬼、吸血鬼狩りと出会う

第7章
147 吸血鬼、村の問題を解決していく

第8章
239 吸血鬼、来訪する

第1章

目が覚めれば血を吸う鬼に

「はぁ……健康診断に引っかかってしまうとは……」

夜。俺は会社から家に帰ってすぐにため息をついてしまう。

今日の健康診断で医者から「佐藤竜斗《さとうりゅうと》さん、貴方《あなた》は少し摂生した方がいいですね」と言われてしまったのだ。自分でも心当たりはある。仕事が大変でストレスがたまり、晩飯後にチューハイとスナック菓子を頻繁に食べていた。

砂糖に油に塩のフルセット。たまにならよいが頻度が高ければね……。

他にも食生活に心当たりはある。俺は魚や野菜よりも肉が好きで、少し栄養が偏っている自覚は持っていた。昼飯もだいたい油物だからな……焼き魚の弁当とかあまり買う気がしなくて。

一応は青汁とか飲んでいるのだが、やはり食物繊維も足りてない気がする。野菜もちゃんと取ろうとすると昼飯代が高くなりがちで、どうしても敬遠してしまっていた。

「はぁ……明日から我慢しないとダメか。せめて美味《おい》しい物くらいなにも気にせずに食べたいものだよなぁ。というか仕事なくならないかなぁ……」

そうボヤキながら食卓の席について、スナック菓子の袋をひらいてチューハイのプルタブを上げた。

明日から、そう明日から我慢するから！　今日が最後だから！

「健康を気にしなくてすむならなぁ……牛飲馬食し放題でいまより幸せなんだろうなぁ。

体重とか気にしないで脂の乗った霜降りステーキを飲むように食らい、馬刺しとかも思う存分食べたいものだ……」

貯金、年金、健康、老後。人間は考える必要のあることが多すぎる。

結局どれも将来の不安なのだ。人間だけだろ、こんなにいろいろと考えないとダメなのは。

「人間って不幸だよなぁ。動物園の動物とかある意味では幸せそうだよな。いや、人の方がいい暮らしをしてるんだけどさぁ」

（いかん、こんな悪い気分はアルコールで洗い流そう）

そう思いながらチューハイを飲み、スナック菓子を口に入れる。この体に悪い塩味や甘みが最高だ！

成分表の塩分やカロリーは見ないことにする！

ふとＴＶを見ると野球のスーパースター選手が、年俸三十億円の五年契約とか出てきた。超うらやましい。将来への不安とかあまりないんだろうなぁ。

もちろん彼らもすごく苦労しているのだろう。ＴＶで映るのは綺麗《きれい》なところだけで、裏ではすごい努力をしているのかもしれない。だが、それでも少しだけ嫉妬してしまう。

「俺もなんかこう。身体能力抜群のスーパーマンとかに生まれたかったな……将来の不安が一切ないような」

『見つけたぞ、力を求める魂を。貴殿を吸血鬼にしてやる』

「へ？」

俺の体を、いや体の中を引っ張られる感覚がした。チューハイ一缶で酔ってしまったのだろうか……それに意識がだんだん薄くなって、眠く…………。


『目覚めよ、我の望みを託す者よ』

脳内にガンガンと声が響く。もう少し眠らせてほしい。

『目覚めよ、我の呼び声に応えし者よ』

お呼びじゃないのでもう少し寝かせて。

『……本日は月曜日。朝八時をお知らせしよう』

違うだろ。今日は休日……あれ？　休日だっけ……いや違う平日かもしれない!?　会社!?

俺は焦《あせ》って飛び起きたが周囲はいつもの寝室ではなかった。

土の壁に天井、周囲は薄暗い。どう見ても洞窟であった。しかも俺は地べたに寝ていたようで、手のひらに土の冷たい感触がある。

いや待て。なんか着ている服もおかしいぞ!? こ、これは……黒いタキシードにマント!?

『目覚めたか。我が望みを託した者よ』

そしてさっきから脳裏に響くハスキーボイス。そうかこれは夢か、と頬をつねったら痛い。

ば、ばかな。以前に夢で頬をつねって痛くなかったことがあるのに……まさかこれは現実だとでも言うつもりか!?

『そうだ、これはすべて現実だ。貴殿は我が呼び声に応じて魂を召喚され、我が体に憑依《ひょうい》しているのだ』

「やっべぇ。さっきからすごく具体的な幻聴が聞こえてくる。不規則な生活がたたったか……病院行くべきか?」

『幻聴ではない。そして貴殿はもはや病院にかかる必要はない。貴殿は吸血鬼になったのだ、太りもしなければ病気にもならない』

やっぱり夢だろこれ。吸血鬼になったとかなんだよ。

そういうのは映画のお話だろ。

『自己紹介をしよう。我が名はシェザード。我が体を対価に貴殿に願う者だ』

幻聴は俺の疑問を無視して話を進める。

「願う？　なにを？」

思わず声に聞いてしまう。

『人と吸血鬼の共生だ。私にはできなかったことを、できれば貴殿に託したいと考えている。と言ってもまずはその体に慣れてもらうことからだな。悪いが私にはあまり時間がないので、急がせてもらう』

声がそう告げた瞬間、俺の体が勝手に動き始めた!?

俺はいきなり走り出して洞窟の外へと飛び出してしまう。

外は森だったのか！　洞窟の中では時間が分からなかったが、いまは昼のようで太陽がまぶしい！

それにものすごく速い！　まるで自転車、いや車を運転しているときのように景色が変わる！

ってちょっと待って!?　目の前に崖があるのに足が止まらないどころか突っ込んでいくぞ!?

「ちょっ！　し、死ぬっ！　ああああっぁぁぁぁぁぁぁ!!」

そして俺は崖から勢いよく飛び降りた。ああ、地面まで十メートルはあるぞ……しかも下は石の多い河原。さらば俺の人生……。

『案ずるな。吸血鬼を舐《な》めるなよ』

俺はあっさりと両足で地面に着地した。その反動で周囲にあった岩が吹き飛んでいくが、なにもなかったかのように立っている。

「えっ!?　生きてる!?　しかも無傷!?　俺すげぇ!!」

『それだけではないぞ』

俺は跳躍して崖の上まで戻った。十メートル以上の高さを一足飛びでジャンプしたのだ。

いや、あり得ないだろ!?　忍者か!?

さらに背中がムズムズすると感じて、後ろを見ると……巨大なコウモリの翼が背中に生えていた。

『飛ぶぞ』

「え？」

背中の翼が動き始めて俺の体が浮いた。そのまま空へと飛び立っていく。さっきまで俺がいた場所が小さく見下ろせてしまうし、雲が摑《つか》めるほど高い場所まで到達した。

いやそこで終わらない。さらに高く高く、雲より上へと上っていく。

雲一つない綺麗な青空の上で、いつも見上げていた雲を見下ろす。それはすごく幻想的な光景だった。

だが俺の目をもっとも奪ったのは、

「ま、まじかよ……あれってドラゴンじゃ……」

翼を羽ばたかせる四つ足、岩肌のような鱗《うろこ》に長い首を持った爬虫類《はちゅう》。ドラゴンとしか思えない存在が、わが物顔で空を飛んでいたのだ。あり得ない、スマホで写真を撮りたくなるが体が自由に動かない。いやそもそもいまはスマホ持っていないだろうけど……。

怖くないわけではないが、それよりも目の前の幻想的すぎる光景に目を惹《ひ》かれてしまう。

やっぱりこれは夢……。

『よしこれくらいの高度であればいいか。このまま地面まで落ちるぞ』

背中の翼が動くのをやめて停止、いや翼が消えたのだ。つまり。

「え、ちょっ!? あああああぁぁぁぁぁぁぁぁぁ!?」

俺は地面へと落下していく!! や、やばい浮遊感で胃がふわっと、胃がふわっと!!

いや絶対これ夢じゃないだろ!? こんな生々しい感触が夢とは思えない!? 即座に現実に戻してきやがった!?

お、落ち着け。なんかこの落下も理由があるのだろう! 吸血鬼の力を見せつけるために、

「こ、この体ってこの高度から落下しても大丈夫なんだな!? 吸血鬼ってすごいな!!」

『いやさすがに木っ端みじんだが』

「!?」

俺は必死に背中の翼出ろと念じる! だが体はまるで動かない。

『無駄だ。まだこの体はお前の魂と結びついていない。私に動きの優先権がある。私の魂が消えていくにつれて自由に動けるが』

「その前に自由落下で死ぬんだが!?　あああああああああああ、地面すぐそこっ!!」

い、いや空を飛べるんだから、きっと地面スレスレで　ふわっと浮くんだろ!?　これは脅しなんだろ!?

もう地面だけど!?　えっちょっ!?　あっ……。

ビシャッと嫌な音がした。俺は地面に全身を叩《たた》きつけられて、新たな人生を終了したのだった。短い吸血鬼生だった……なんだよこれ嫌がらせかよ。

そういえば空から落ちても痛くないんだな。それに死んでも意識ってあるんだな、魂が体から出たってやつか。

『違う。死んでいないだけだ。周囲を刮目《かつもく》せよ』

言われて周囲をちゃんと見ると、周囲の地面に闇のような霧がかかっている。その黒霧は意思を持っているかのように集まってきて、人間の形を構成した。そして肉体へと変化していく。

たぶん俺の体が元通りになって、俺は再び肉体を得ていた。

『吸血鬼は様々な力を持つ。その中でももっとも人間と違うもの、再生能力と変身能力を実演した。どうだろうか？　貴殿の求める力を満たす体だと、証明はできたと思ってよいだろうか？』

声は少し申し訳なさそうに告げてくる。いや実演て!?　もう少しやり方を考えろ！　パラシュートなしスカイダイビングさせるとか殺す気か！　上げて落とすなよ！

『す、すまない。貴殿の要求に応えていると示すために、もっとも分かりやすい方法だと思ったのだ。本当にすまない、申し訳ない』

声は俺の心を読んだようで、すごく落ち込んだ声音だ。

なんとなく不器用そうな性格の人のような気がした。いや人かは知らないけど。

「い、いや俺も怒りすぎたよ……ただ今後はもう少し手段を考えてほしい」

『すまない。私も人の心を考慮しなさすぎた。気を付けることにする。では次は……』

「ちょ、ちょっと待ってくれ」

あまりの事態に混乱する頭を必死に落ち着かせようとする。状況を整理しよう、おそらくだが俺が吸血鬼になったのは嘘《うそ》ではない。空飛んで落ちても再生するなんて人間ならあり得ないからだ。

そして空を飛んだときのドラゴンなども意味不明だ。つまり俺自身のことも周囲のこともよく分からない。

よし状況が整理できないという整理ができたな!?

「なんで俺は吸血鬼になってるんだ!?　というかここどこだ!?」

声はしばらく黙り込んだあとに。

『私が召喚魔法で貴殿の魂を呼び寄せて、我が体に憑依させたのだ』

「召喚魔法……お、俺が勇者とかそういう」

『単純に召喚魔法を発動したときに、ちょうど条件に合致したのが貴殿だっただけだ。こう、偶然の産物というか……』

なんの特別性もない。川でてきとうに小石拾ったみたいなノリだった。

『た、ただ！　貴殿は私の希望した条件を満たしている！　ならばこれも天命かもしれない！』

「条件って具体的には？」

『ほら夜行性で夜が更けても起きているところとか、無駄に食い意地が張っているところとか』

それは俺の生活リズムと食生活が、ぶっ壊れているだけである。明日が休みだと酒！　スナック菓子！　深夜までゲーム！　の三点セットしちゃうだけ……。

『すまない。本当にすまない。私の勝手な望みに巻き込んでしまった。お詫《わ》びに私のすべてを差し出す。私はしばらくすれば完全に消滅する、あとは貴殿が我が存在だったものを好きに使ってくれ』

声は逡巡《しゅんじゅん》したあとに、続きを絞るように発言した。

『そしてこれは私の勝手だが……願わくば、吸血鬼と人間の共生を。人の心と吸血鬼の体を持った貴殿に、叶《かな》えてもらいたいと思っている』

「いや無理に決まってるだろ」

俺は即答していた。吸血鬼と人間の共生って、水と油とかですらない。混ぜるな危険みたいな組み合わせじゃん。化学反応起きて爆発レベルである。

『……だろうな。無理だ、私には無理だった。だから君に託したい。私には不可能で、己が体で叶えるのを諦めた願いを……』

声は寂しそうに呟《つぶや》いた。同じ体だからだろうか。その一言だけで悲しみが伝わってきて、目から涙が流れてくる。なにかすごく深い事情があるのだと感じてしまった。

チリチリと記憶にない映像が頭によぎる。

目を奪われるほど美しい女性が泣いていて、吸血鬼はそんな彼女に背を向けて立ち去っていく。

互いに別れたくないという気持ちが、痛いほど伝わってくる。だが離れていく、そうしなければならないのだと。

『……それはかつての私の記憶だ。私が愛した人との最後の記憶』

シェザードは悲しそうに告げてくる。その言葉にはものすごく複雑な感情が交じっていた。

先ほどの光景、そして感じられる感情。それらは俺の心を少し打った。

シェザードとは初対面ですらない、姿すら見えない怪しい奴だ。

だがこいつは、自分の存在を消してまで俺を憑依させるのだから。相当な覚悟でなければできない……そう思うとこいつにも少し同情を――

『さあ私が消えるまで時間がない！　次は自らの首を切断するのだ！　その次はドラゴンと戦いに行って、体を燃やされに行くぞ！』

「はぁ!?　加減してくれ！　死ぬわっ!!」

『大丈夫だ、吸血鬼は簡単には死なぬ。特に貴殿は特別だ、吸血鬼の弱点もないので不死身に近く……』

「体が大丈夫でも心が死ぬ！　主に俺のメンタルが！　というかいまって昼だよな!?　吸血鬼って太陽に弱いのでは!?」

『大丈夫だ。貴殿は人の魂だからな。詳しくはあとで説明しよう』

人生とはままならぬもの、人間万事《にんげんばんじ》塞翁《さいおう》が馬とはよく言ったものだ。

これが俺の人生の転機、いや吸血鬼生への転鬼だった。

第2章

吸血鬼、盗賊を撃退する

十二歳くらいの少女が夜の森の中を走っている。彼女の後ろ、少し離れた場所では村が燃えていた。

少女は細身で華奢《きゃしゃ》な手足を必死に動かして、息を切らせながら逃げている。

青髪に粗野な布地の服。少女の綺麗《きれい》な容姿に不似合いな装いも印象に残る要素だが、なによりも彼女を特徴づけるのは左右違う瞳の色であり、右目の美しい金色の瞳だ。

右手には外したであろう眼帯を握りながら少女は走り続ける。後方から迫りくる、額に角のついた狼《オオカミ》から逃げるために。

「はぁ……はぁ……」

少女は必死に足を動かす。狼は一定の距離をたもったまま少女の後ろを走っている、獲物を仲間のもとに追い詰めていくためだ。

本来ならばとっくに、少女は他の狼のもとに誘導されて殺されている。だが待ち伏せしている狼の場所が分かっているかのように、少女はその方向をさける様に逃げていた。

「……っ」

業を煮やした狼が距離を詰めようとすると、少女は振り向いて狼を見る。

すると狼はなにかを警戒するように、加速を止めてまた少し離れて追い続けた。そんな繰り返しがしばらく続いたあと――

「つい、た……」

少女は森の奥にある洞窟の前で立ち止まる。

乱れる息を整え、ほんのわずかに深呼吸をしたあと、決意するように洞窟の中へと足を踏み入れた。

洞窟の中はかなり広く、幅は十人並べるほどの大きさがあり、奥はまるで見えないほど暗い。だが少女は中の様子を知っているかのように、怯《おび》えもなく再び駆け出した。

その背後からは先ほどの狼が仲間を集め走る少女を見ていた。

洞窟という袋小路に追い詰めた喜びなのか、先ほどの誘導とは違い、仕留めるために狼たちも洞窟の中へと疾走する。

もとより幼い少女と狼ではスピードが違う。距離が即座に埋まっていき、やがて――

「……」

「ウウウウゥゥゥ……!」

十頭を超える狼の群れ、そのうちの一頭が少女を追い越して前に立ちはだかる。

それに続くように他の狼が、少女を完全に包囲した。

「……どうしよ」

少女はわずかに顔をしかめた。

狼に包囲された獲物は、よほど強くなければ運命はひとつだ。

逃げ場もない。武器もない。勝ち目もない。

誰が見ても詰んでいる状況であった。そしてそんな状況で狩る側が待つ理由などない。少女の前方にいた狼が牙を剝《む》いた。一撃で殺すために、少女の首筋を狙って一気に飛び掛かる。

だが、その瞬間――

「ウゥ……」

飛び掛かった狼魔物の腹部が、なにかに貫かれて血が噴き出す。狼魔物を貫通しているのは、人の腕だ。

少女のすぐそばには、いつの間にか黒髪の男が立っている。右手は狼魔物を刺した状態のままだ。

「無事か？」

男は鋭い犬歯を光らせながら、少女を鋭い眼光で睨《にら》む。

おぞましい光景だ。気の弱い者が見れば気絶してもおかしくはない。だが少女は悲鳴のひとつもあげない、いやそれどころか眉ひとつ動かさなかった。

「うーん……この肉はあまり美味《おい》しくない。吸血鬼だから生肉でも食えるけど、やはり焼いた方が美味しいよなぁ」

俺がこの世界に転生？　してきてから三週間ほどが経《た》った。最初は面食らったものだがアドバイザーもいたおかげで順応することに成功している。

この世界は魔法という存在があって、それによっていろいろと地球と異なる場所。俺たちで言うところのファンタジー系の世界だそうだ。

ちなみに元の世界には戻れないらしい。初めは落ち込んだがもう諦めた。

……仮に戻れたとしても体が変わっていてはどうしようもない。戸籍もないし、そもそも吸血鬼の姿だし……。

この世界には魔物と呼ばれる猛獣みたいなのが多くいて、額に角のある狼っぽいのとかに襲われたりもした。全部追い払ったけど。

いまは洞窟外の森にいたクマを獲って帰ってきて、血を吸い終えたあとの肉を貪《むさぼ》っているところだ。俺は吸血鬼だが血を吸うだけでなくて、肉を食べることも可能だったようだ。

というかわりとなんでも食える。つまり吸血鬼は雑食だ。それなら血を吸うんじゃなくて肉ごと食べれば……と思わなくもない。いや難しいか？　肉を食べようとすれば小分けにする必要があって、そのときに血が外に流れてしまうか。

「うーん、クマは血の味は多少マシだが。肉は微妙だ」

あとは体が吸血鬼になったことで心も少し変わったのか、生肉を食らうことや動物を殺す忌避感もかなり薄まっていた。そうでなければクマなんて殺せないだろう。

「この暮らし、わりと悪くはないんだが……飯がマズイのがなぁ」

地球に比べれば生活環境は最悪、比べるまでもない。だが吸血鬼になったことで老後の不安がなくなったのは大きい。

それに仕事に行かなくていいからいくらでも寝放題！　食生活も全く気にしなくていい！

おそらく太らないだろうから牛飲馬食し放題だ！　それを踏まえるとこの世界の方がやや居心地がよいかも……。

でも食事がまずい。クマをただ焼いて食っても美味しいわけがないのだ。生焼けだと体に悪いとか、毒とかないだろうかとか心配しないでよいけど。味噌《みそ》鍋とか合うのかなぁ……うう。

鳥とか猪《イノシシ》も獲って食ったけどやはり味がない。せめて近くに海があれば、海水と一緒に食べるとかできるのに。

他にも吸血鬼になったことで変わったことはある。例えば、物音や気配に対して敏感になったことだ。そう、まさに今のように。

「まーた犬公が暴れてるのか。よく分からないが、まあ助けておくか。目の前で死なれるのも寝覚めが悪いし」

クマ肉を骨ごと一気に食い尽くしたあと。狼に包囲された少女を視界にとらえて、立ち上がった。

(三十メートルくらいの距離か。余裕で間に合うな)

足に力をいれると一瞬で少女のそばに到達して、飛び掛かって来た狼を手で払おうとする。が、力が強すぎたのか狼魔物の腹部を貫いてしまった。

あちゃー……。

ま、まあこの群れは、確か俺を以前、襲ってきた奴《やつ》らだったし……。

「無事か?」

輝くような金色の右目を持つ少女は俺の方を真っすぐ見据えている。周囲は暗闇であるにもかかわらずだ。

ちなみにこの世界の文字や言葉はマスター済みだ。体はシェザードだからな、彼の記憶から言語は習得できた。

「きゃ、きゃいん!?」

狼たちは俺を見て即座に逃げて行く。以前に痛い目に遭わせたのを覚えているようだ。

やれやれと狼の死体を腕から抜くと、少女が静かに口を開く。

「私はイーリ。助けてほしい」

ん?

仮にも狼を瞬時に腕で貫いて殺した俺だぞ？　少しくらいは恐れを抱くくらいが普通だと思うのだが。

なんなら悲鳴あげられても違和感ない。いやどんな状況だろうが、自分の姿で泣き叫ばれるの少し辛《つら》いけど……。

「いや、助けた直後だろ？　それに残念ながら俺は人間じゃない」

犬歯を見せつけながらアピールする。これで俺が吸血鬼であることが分かるだろう。

後で吸血鬼なんて知らなかった！　とか言われたら困るので自己申告だ。

だが少女はまったく表情を変えない。

「知っている。ずっと見てきた、そのうえで助けてほしい。村が盗賊に襲われてる」

イーリが指さした先、洞窟の外に小さく立ち上るいく筋の煙が見えている。それにわずかだが風に漂って……人間の血の香りを感じる。

なにかが起きているのは間違いない。さらに目を細めると、双眼鏡の倍率を上げるように村の様子が見えた。人が盗賊に襲われている光景が。

「お願い、助けてほしい。対価としてこのお金と」

イーリは銅貨を三枚ほど投げてくる。

俺は三枚すべて片手でキャッチすると、

「この身をすべて捧げるから」

狼に襲われても無表情だったイーリの顔に、少しだけ真剣の色が見えた。

金といい、わが身を差し出すと告げてくることといい。なんともよく分からない状況だ。

助けたと思ったら、また助けを求められたのだから。

……だがひとつだけ分かることがある。

（人の村を助けたらそのお礼に、塩くらいはねだれるのではないだろうか？　うん。いけるだろこれ）

吸血鬼だから人の前に姿を出せなかった。絶対に怯えられるのが分かっているから。

しかしだ。いくら吸血鬼でも助けた相手に対して、鬼は外とか言わないだろ！

これで塩とかねだればサヨナラ、味のない食生活！

（吸血鬼の体ならば盗賊くらい楽勝に倒せる。リスクのない美味しい取引になるぞ！）

もちろん、盗賊に襲われている村を見過ごすのもなぁ、というのもある。吸血鬼になってからは、人間に対して以前ほどの仲間意識は湧かないけど、目の前で起きていることを拒むのも寝覚めは悪い。

それに約束もあるしな。どうしようか考えていたところもあったしきっかけができるなら銅貨三枚の報酬だけでもおつりがくる。

ただのごろつきを数十人倒す程度など、いまの俺ならばバイト感覚だ。

「いいだろう」

俺は犬歯を見せるようにニヤリと笑った。


夜の闇の中。木や藁《わら》で作られた家ばかりの農村で、村人たちは必死に逃げていた。

そんな彼らを追いかけているのは剣を持った荒くれ者たち。大勢の盗賊が村に攻めてきている。

「いやぁ!?　来ないで!?」

「ひ、ひいっ！」

彼らはこの近辺を脅《おびや》かしていた盗賊団だ。村は以前、領主に対して盗賊討伐を要請したが、残念なことに対応してもらえなかった。そうして野放しにされていた盗賊団はついに村を襲撃に来てしまった。

百人程度の農村に対して、盗賊団の数は五十人を超える。人数だけなら農村の方が多いが、子供や老人などの非戦闘員も多い。対して盗賊団は全員が熟練の戦闘員だ。

村人たちも農具を持って抵抗しようとしたが、いざ武器を持った盗賊団を前にすると臆病風に吹かれて逃げまどうか、腰を抜かしてしまう。

「野郎ども！　男と老人は殺せ！　女は生け捕りにしろ！」

盗賊の親分である男が叫ぶ。

盗賊団にとって男や老人は邪魔者でしかない。女を生かす理由については語る必要もないだろう。彼らはお楽しみを前にして笑いながら、逃げる村人を追いかけている。

「が、はっ……」

「きゃあぁ！　あなたっ⁉」

男のひとりが盗賊に追いつかれると、背中を剣で斬《き》りつけられて倒れた。幸いにもまだ息はあるが、盗賊がもてあそぶかのようにさらに剣の腹でバシバシと叩《たた》く。盗賊の視線の先には男が逃がそうとした女性がいた。

「おお、人妻か。それ以上逃げるならこいつ殺すぞ？」

「そ、そんな……」

無残な光景。だが彼らだけではない。

家は燃やされ食料は盗まれ、人の尊厳が穢《けが》されていく。

「や、やめてっ⁉　お父さんを殺さないでっ！」

「なら逃げるのをやめて服を脱げ。それで俺に食わせろ」

「ほら逃げるとお父さんが死ぬぞぉ？　おっと、手が滑っちまった。見ろ、なんかビクンビクンしてるぞ？　ははは！」

「い、いやあぁぁぁぁ……」

村は地獄絵図と化していた。蹂躙《じゅうりん》されつくされていた。

「あん？　お前よく見ると醜い顔だな。醜い罪でお前の夫は処刑な」

「や、やめ……」

「ぎゃははは！　これが連帯責任ってやつだ！　夫婦で繋《つな》がったんだからよぉ！」

盗賊は倒れた男の首に向けて剣を振り上げた。

「でもある意味幸せだぜ？　自分の妻が目の前で寝取られるのを見ずに死ねやぁ！」

領主の助けも来ない。盗賊の遊び場となった村は壊滅する、はずだった。

勢いよく振り下ろされた剣が、倒れた男の首を刎《は》ね……なかった。剣と刀身が半ばからへし折れていた。いやへし折られたからだ。

「……あん？」

折れた刀身を困惑しながら見続ける盗賊。その背後にいつの間にか黒装束の男がいた。

「醜いのはお前の方だろ」

「……へ？　てめぇなにもっがっ……!?」

焦《あせ》って振り向いた盗賊に対して、黒装束の男は鋭利な爪で切り裂いた。盗賊は八つ裂きになり、血を噴き出して倒れた。即死だ。

「……しまったな。力が強すぎたか。未《いま》だに咄嗟《とっさ》だと加減が難しいな、人間の時の感覚でやってしまう。怪力だと理解はしているんだが」

手についた血を舐《な》めながら、村の惨状を睨む黒装束の男。彼の口にはナイフのように鋭い犬歯が見える。

「助けてほしい。私の体の血すべてを代償に」

黒装束の男に先ほどの青髪少女が近寄ってくる。

目の前で盗賊が倒されても動揺することなく、落ち着いた態度で男を見上げる。

「分かっている。とはいえすべてはいらない、コップ一杯くらいで十分だ。あまり飲むと同じ味で飽きる。俺は美味しい物を好きなだけ食べたいんだよ」

「血を欲しがらない吸血鬼はおかしい」

「なら鬼でいいよ。とにかくいまは盗賊どもをなんとかする」


酷《ひど》い惨状だ。イーリという少女の助けを求める声に応じて、彼女を背負ってやって来たがあまりにも惨《むご》い。

夜の闇を家が燃える炎が照らしている。盗賊が松明《たいまつ》代わりにでも燃やしたのだろう。

燃える村に人の悲鳴の嵐がこだまする。普通の人間なら気が狂いかねない惨状だ。

だが俺はそこまで動じていなかった。

転生してから吸血鬼の体に慣れるために頑張ってきた。いや本当に頑張ってきた。人間なら何度死んだか分からない、この体でもショック死しそうなくらい耐久テストとかさせられた。おかげで目の前の光景にまったく恐怖を抱かない。

この世界は中世ヨーロッパくらいの文明らしいので、盗賊やならず者が跋扈《ばっこ》しているのも知っている。

こいつらは間違いなく悪党だ。思う存分やっていいはず。

ならば訓練の成果を見せるべきだろう。そして助けたお礼に美味しい物……はもらえるだろうか、こんな状況で。

いや考えないようにしよう。俺の戦う意義が揺らぐ。

「なんとかするってどうやって？」

「盗賊の親玉を倒す。お前はここにいろ。さてと……血よ、蠢《うごめ》け」

撃退はするが、こいつらはとりあえずなるべく殺さない。売り飛ばすなどの利用価値があるかもしれないし、殺すのは後でもできるが蘇《よみがえ》らせるのは無理だからな。

死体の体に残った血が宙に浮いていくつもの血球を構成した。これは俺の血魔法で操っているためだ。吸血鬼だからできる魔法の一つだ。

「血よ、奔《はし》れ」

血球は鋭い銃弾のような形になると、他の盗賊に襲い掛かっていく。

狙われた盗賊も俺に気づいたようだがもう遅い。

「な、なんだこりゃ!?　げはっ……」

盗賊たちは血の弾丸に腹部を貫かれて倒れる。そして倒れた奴から流れた血も操り、空中に浮く血球へと変えた。

これなら殺すことはないが……このままだと時間がかかるな。

ここは派手に目立っておびき寄せるか。盗賊たちも脅威がいると分かれば逃げるか、もしくは排除しようと立ち向かってくるはずだ。

俺は思いっきり足もとの地面を殴りつけた。瞬間、周囲に轟音《ごうおん》が響いて地面にクレーターが出現する。

「な、なんだっ!?　いまの音は！」

「魔法の音か!?　まさか領主の兵が!?」

「あり得ねぇよ！　この村を好きに襲っていい代わりに、領地から出ていく約束だろ！」

「なんだアイツは!?」

盗賊たちも音に驚き、その音の元を探すと、一人が俺を見て声を上げた。その瞬間、全員が一斉にこちらを見た。そして周囲の倒れている仲間を見て、俺を敵だと認識したようだ。ここは目立つように派手に暴れるか。

「血よ、刃となれ」

周囲に浮かんでいた血球が俺の手元へと集まる。そして、合体すると俺の身の丈ほどある巨大な鎌へと変貌した。

「な、なんだてめ、がふっ……」

俺は巨大な血鎌を振りかぶると、盗賊のひとりを斬り伏せた。血鎌は斬った盗賊の出血を吸ってさらに少し大きくなっていく。

「ひ、ひいっ!? な、何者だてめぇ!」

盗賊がおびえた顔で俺に剣を向けながら叫んでくる。

「俺は佐藤竜斗《さとうりゅうと》……いや、転生前？ の名前を使い続けてよいものか。聞かれることがなかったから失念してたな」

「なにをブツブツ言ってやがっはっ!?」

「確かにその通りだ。名乗るより急ぐべきだな」

俺は血鎌を投げ飛ばすと、指で指揮をとるかのように動かすと、それによって操作された。血鎌が空中で回転して盗賊を襲い斬り刻む。

短く悲鳴をあげて倒れ伏す盗賊。

「血よ、漂え」

出血を吸ってさらに大きくなった鎌を、俺は手元に呼び戻さずに血球として分散させ、空中で待機させた。

鎌状態よりも血球にしておいた方が使いやすい。

「てめぇ……俺の手下をよくもやってくれたじゃねぇか！」

大きな斧《おの》を持ったガタイのよい男が、俺に対して怒りの形相を浮かべて近づいてくる。

どうやらこいつが盗賊団の親分っぽいな。うまく釣れたようでなにより。

他の盗賊たちも俺に視線が釘付けになっているようだ。ならばこの盗賊の頭《かしら》を圧倒的な力で倒せば、他の奴らは心がへし折れて逃げていくだろう。数が多いし時間をかけるのも大変だからな。

それに逃亡してくれた方が都合のよいこともある。

「いまからお前も殺《や》ることになる」

「ぬかせ！」

盗賊の頭は大きな斧を振りかぶって俺に襲いかかる。男の突進はあくびが出るほどに遅く見えた。

普通に迎撃してもよいが、ここは素直に……いや筋肉を弛緩《しかん》させて受けてやろう。

臨死体験なら死ぬほどこなした俺に、いまさら斧程度などまったく怖くない。

「死ねぇ！」

斧の刃が俺の胴体に深々と突き刺さる。普通の人間なら致命傷だ。当然、盗賊の頭もそう思ったのか、勝ち誇った笑みで斧を引き抜いた。

「とったぁ！　俺らに逆らうからこう……な……」

盗賊の頭は俺の胴を見て目を見開く。すでに体の再生が始まっていて、肉の負傷が巻き戻し映像でも見るかのようにふさがった。

「て、てめぇ！　まさか、吸血鬼か！」

「ご名答。普通の武器は俺には無意味だ」

吸血鬼。この世界に存在する知性ある魔物、もしくは魔物の力を持つ人間。

怪力、変身能力、再生能力、さらには動物とも対話できたり、魔法が使えたりと強力な魔物だ。一見すれば無敵なように見える。

なんならさっきの斧も、体に力をいれて筋肉を強張《こわば》らせれば、俺を斬り裂くことすらできなかった。

「チッ！　だがあいにくだったなぁ！　こちらには聖水があるんだよなぁ！　下級吸血鬼風情が調子に乗るんじゃねぇよ！」

盗賊の頭は笑いながら懐から小瓶を取り出して、中の水を斧の刃にかけていく。

そう、吸血鬼はスペック上すさまじく強いが、致命的な弱点もすごく多い。日光、ニンニク、銀、杭《くい》、聖なるもの。他にも水の上を渡れないとか、招かれない建物には入れないなど多種多様だ。

まさに弱点のバーゲンセールのような魔物。カタログスペックの割にすごく弱い。吸血鬼には下級、中級、上級、特級とランクがあるが、下級吸血鬼の強さ評価は全魔物で中の中から中の上程度。

人間にとっての下級吸血鬼の評価は、オーガという二メートルくらいの鬼と同じだ。ちなみにオーガは知性がないし再生能力なんかもない。ただのゴリラみたいな奴。

吸血鬼は下級でも人以上の知能を持っていて、オーガよりも怪力で再生能力もある。なのにそいつと同格なのだ。

「吸血鬼の評価低すぎだよな……いや確かに弱点突かれれば弱いけどさ」

目の前の男が俺にビビってないことからも、吸血鬼が舐められていることがよく分かる。

聖水を振りかけた武器を持っている者に対して、下級吸血鬼は触れることすらできなくなるからだ。

体に聖なる力が宿るため迂闊《うかつ》に触れたら蒸発する。もちろん聖水を直接かけた武器などもってのほかだ。そう、通常の吸血鬼であれば。

「死ねやぁ！」

また盗賊の頭は俺に向けて斧を振るう。普通の吸血鬼なら致命の一撃、だが俺はまた受けてやった。

今度は首に斧が深く突き刺さる。痛覚は薄いのだが、場所が場所だからかやや痛いように思える。

「ぐはは！　吸血鬼は聖水を浴びた武器で浄化される！　今度こそ死ね！」

どうやら今度は斧を抜いてくれないようだ。仕方がないので俺は両手で斧を掴《つか》むと、さらに首をえぐってそのまま自分の首を落とした。地面に転がる俺の頭。

「……へ？　じ、自害したのか？　聖水の苦しみに耐えられなかったか！　馬鹿じゃねぇのこれだから」

「半端だったから自分で落としたまでだ」

「へ？」

俺の体が黒い霧となって霧散した。そして再び集合して体の形に再構成された時、俺は首と胴体が繋がった万全な状態に戻る。

半端な傷よりも派手に体を欠損した方が、霧になって早く再生できる。これは吸血鬼の仕様バグだと思う。自分の首を落とすのも散々やって来たので慣れたものだ。

コツは下手に角度つけるよりも、真っすぐ切り落とす方がいい。吸血鬼の怪力前提のコツかもしれないが。

盗賊の頭は爆笑から一転、状況が理解できずに固まっていたが、思考が追いつくと怯えた顔になり、あとずさる。

「……は？　いや、なんでてめぇは死なねぇ!?　すぐに蒸発するはずじゃ……」

確かに吸血鬼は致命的な弱点が多い。だが基本的にその弱点の多くには共通点がある。

清きが苦手なために、汚れを洗い流す川を渡れない。聖なる銀や聖水で浄化される。菌を殺す上に昔から魔を払うのに使われていたニンニクで苦しむ。それに太陽。

どれもこれもが浄化という言葉で結び付けられる。

俺の召喚した吸血鬼、シェザードはこう言った。

『吸血鬼は悪霊などに近い属性を持っている。変身や再生能力なども持つことから、肉体は造り出したガワにすぎない。吸血鬼の本体は中身の魂である。不死身の体を持つ吸血鬼が死ぬのは、中身の魂が浄化されるからだ』

――ならば吸血鬼の肉体に宿っていた魂。そこに人間の魂が混ざり、悪霊の弱点が無効になったならば。

「すまないな。俺は下級でもなければ普通の吸血鬼でもない。特級な上に魂が人間だからな、吸血鬼固有の弱点がないんだ」

俺は目を光らせて盗賊の親玉を睨んだ。ここまで動揺させた上で俺の力を恐怖させれば、都合の良いセリフを吐かせるくらいの催眠はかけられる。

睨まれた盗賊の頭は口をパクパクと動かし青ざめる。

もうこいつの口は俺の意のままだ。

「…………は？　いやそんなわけねぇだろ！　そんなことあったらお前、最強の魔物じゃねぇか！　傷つけても死なねぇ！　人を簡単に引きちぎる怪力！　圧倒的な魔力がはっ!?」

俺は血球を操り盗賊の親分を包囲すると、差し出した手をグッと拳にした。その瞬間、浮遊していた血球が弾丸となって全方位から親分の体を襲撃する。

血の弾丸の雨嵐を受けた後の親玉は、くずれ落ちるようにバタリと倒れた。

「説明ご苦労」

俺は鋭利な犬歯を見せるかのように不敵な笑みを浮かべた。残された盗賊たちは親玉が死んだ上に、先ほどの頭の言葉を聞き、俺の強さを目の当たりにしたのだ。では次にとる行動は――

「ひ、ひいっ!?　親分がやられた!?」

「に、逃げろ!」

盗賊たちは予想通り、無様に逃げ出していく。

殺せない敵に絶望感が半端ないだろう。普通に親玉を倒すよりも精神的ダメージは大きいはず。

奴らの十人ほどを倒したから、残りの四十人は逃亡したことになる。ちなみにだが、奴らのことはあえて追いかけなかった。まずは怪我《けが》人の治療、そのあとは燃えている家を消火しないとな。

恩は売っておいて損はないし、さすがにこの状態で放置できるほど俺は鬼になれない。

それにさっきの盗賊が面白いことを言っていたし、うまく利用できるかもしれない。

「あ、あのう……貴方様《あなたさま》は……」

杖《つえ》をついた老人がこちらに恐る恐る近づいてくる。村人の中で率先して話しかけてくるから、おそらく村長だろう。

「私が連れてきた。森の奥にいると噂《うわさ》されてた吸血鬼」

青い髪を揺らしながら、眼帯を外し、右目を黄金に輝かせたイーリが前に出てくる。

「い、イーリ……!? 何故……いや……」

老人はイーリを見て目を見開いた。なにか思うところがあるようだが、振り払うように俺に視線を向けて怯えた。

「ひっ……や、やはりあの……」

「話は後にしましょう。まずは怪我人を治しますので、重傷な者から教えてください」

「し、しかし……」

老人は俺を警戒している。それは当然なのは分かるが、怪我人は早く治さないとマズイ。ここは無理やりでも急がせるか。

「……逆らうならこの場で暴れても構わないのですが」

「は、はへっ！　こ、こちらにございます！」

乱暴だが時間が惜しい。早く治療せねば失う命があるかもしれないのだ。

村長に連れられて向かった先には、腹を深く切られ血を流している子供が倒れていた。母親がその子を必死に助けようとして、衣服を切り裂いて傷に巻こうとしている。

だが応急処置にもならない。このまま放置すれば出血多量で死ぬが、俺には助ける手段がある。

「悪いが俺は怪我を癒やすような魔法を使えない。少し荒っぽい回復方法になるが……血よ、凝固せよ」

俺が魔法を唱えると倒れた子供の切り傷の血が、ゴポゴポと固まり始めた。そして巨大なかさぶたとなる。

吸血鬼は人を直接癒やす魔法は使えない。だが血のプロフェッショナルなだけあって血を操ることは容易《たやす》い。血を固めてこれ以上の出血を防ぐことも可能だ。

「あ、ああ……ありがとうございます……！」

母親が俺の方に感謝を向けてきたので手で制した。治癒ではないので怪我を治せたりはしないし、子供には大きな傷跡が残ってしまうだろうが、死ぬよりはマシなのでその点は勘弁してほしい。

「他の怪我人も教えてください。助けられる者は助けます」

「は、はいっ！」

「ど、どうか！　夫を助けてください！」

「お父さんをお願いします！」

俺はさらに怪我人たちのそばへ赴いては、血を固めて傷をふさいでいく。

幸いにも致命傷を受けている者はおらず、無事に全員を助けることができた。

「ありがとうございます……！」

「助かりました……」

「気にしないでください」

村人たちはおっかなビックリとした様子で、俺に感謝の言葉を述べてくるのを静かに言葉で制した。

次にやることは家の消火だ。治療にはほとんど時間はかけていないので、まだ民家は燃え続けている。

「いまから燃えている家を壊しますが構いませんね？　放置していれば無事な家まで燃え広がりかねないので」

消防車でもあれば家の原形を残す形で消火できるのだろうが、そんな都合の良いものはないしな。

「そ、それは構いませんが……壊すと言ってもどうするつもりで？　燃えているのですが」

村長がビクビクした様子で尋ねてくる。

「人が火を消す方法ならいくつかありますでしょう？」

俺は燃えている民家の前まで歩く。すでに火だるま状態なのもあり、家具なども完全に炭だろうから遠慮なくやるか。

「すーーーーーー」

俺は大きく息を吸ったあと。

「はーーーーーーーー！」

吐いた。

すさまじい突風によって家が吹き飛び、火も一瞬で掻《か》き消える。気分は誕生日ケーキのロウソクだな。

「すげぇ……」

「やべぇ……」

「いや、さらっと流してるけど、あれ人じゃ無理だろ……」

村人たちはわいわいと騒ぎ始めた。盗賊たちが逃げたのと怪我人が治ったことで、ようやく冷静になり始めたのだろう。

それに周囲が明るくなり始めている。どうやら日が昇り始めたようだ。

「ありがとう、吸血鬼」

俺に助けを求めてきたイーリがペコリと頭を下げてきた。

「気にするな、俺も考えがあって助けたことだ」

「考え？」

「そうだ。村長、この村は領主に見捨てられたのではないですか？」

村長に視線を向ける。

こんな大規模な盗賊団ならば、目立たず動くなど不可能。村に攻めてくる前に存在を察知できたはずだ。なら領主に事前に報告して、攻められる前に討伐を依頼すべき。

そして領主は村の要請で防衛の兵士を派遣するはず。村は領主に納税の義務がある代わりに、領主は村を守る。それが彼らの関係だ。なのに、村は無残に盗賊に襲われている。

それに先ほど盗賊が『この村を好きに襲っていい代わりに、領地から出ていく約束』と叫んでいた。そんな約束ができる相手となれば、領主か役人くらいしか思いつかない。

「……領主様に討伐をお願いしたが、無視されましたのじゃ」

村長は苦々しい顔で呟《つぶや》く。やはり事前に察知していたか。

「盗賊が言ってましたよ。領主はこの村を見捨てる代わりに、領地から出ていくような約束をしたと叫んでいました」

「っ!?　領主様はやはりこの村をお見捨てに……！」

アッサリと俺の言葉を信じたな、やはり思い当たる節があるようだ。領主は酷い人物なのだろう、盗賊討伐を求めても受け入れなかったみたいだしな。

しかも村からすれば地獄は終わっていないということだ。領主に見捨てられているのだから、もしまた似たようなことがあれば今度こそ村は壊滅する。

だが彼らが村を捨てて逃げたとしても、まともに暮らせる保証もない。自分の土地を持たずに他人の農地を耕す小作人に落ちるか、街に行ってもスラムの民になる可能性が高い。どちらにしても酷い暮らしになるだろう。

土地をなくした農民は悲惨だし、ずっと農業を生業にしていた者に街で食っていけるような技術はない。

破滅の二択を前にしているようなものか。

この村は放っておいたらすぐに滅ぶ。ならちょうどいいな、俺が三択目を与えてやろう。

「そこで貴方たちにいいお話があります」

「い、いい話ですと……？」

村長はあとずさりしながら俺に聞いてくる。やはり吸血鬼への恐怖があるのだろう。

俺が営業スマイルを浮かべるとより顔をひきつらせた。いかん、犬歯のせいで怖がらせてしまう。落ち着け、この村を手に入れたら俺の望みに一歩前進するのだ。

こんなに俺に都合の良い展開などそうはない。このチャンスを逃すわけにはいかない
……！

「この俺が領主の代わりに村を守りましょう。吸血鬼である俺ならば、領主の兵よりもよほど頼りになりますよ」

第3章

吸血鬼、村長になる

俺が村を守ると言った瞬間、村長は目を見開いて激高《げきこう》した。

「なっ……きゅ、吸血鬼が人間の村を守る……!? わ、わしらの血をひとり残らず吸い殺す気かっ！」

「そのつもりなら、いまここで吸い殺しているはずですが？　安心してください、確かに貴方たちから血はいただきます。だが決して殺したりはしません、共生しようと言っているのです」

村長は敬語をやめて疑いの目を向けてくる。当然だろう、吸血鬼と人間が共生するなんて前代未聞だ。伝説やおとぎ話ですらばかばかしいと笑われる。

俺だってシェザードから聞いた時は、「いや無理に決まってるだろ」と即答してしまったくらいだ。

「私は貴方たちを守りました、そしていまも襲っていません。逆に領主は守っていません。寄る辺《べ》のなくなった貴方たちにもよい話と思いますが？　なんなら私に脅されていることにしてよいです。もし領主が軍を派兵して私が追い出されでもしたら」

「わ、わしらに都合がよすぎる……！　なにが目的だ！」

「目的は簡単です。私はなにも人の血だけが欲しいわけじゃないのです。貴方たち、人間の造るものが欲しい。例えば塩、砂糖、コショウなどの物を自前で揃《そろ》えるのは大変ですから」

ようは調味料くれ……！　いや本当に調味料を……！

もうただの焼いた肉は嫌なんだ！　味を！　味をくれぇ！　俺の食生活に彩りを！

でも吸血鬼じゃ金を稼ぐ手段なんてなかなかない！

街を襲ったり人に化けて働くという手段もあるが、前者は最低の行為だし後者は正体がばれたら終わりだ。

毎日の食事に不安のある日々はもう嫌だ！　明日にはこの飯が食えないかもじゃなくて！　俺は！　安心して日々美味しい飯が食べたいんだよ！！！！！

……まあそれだけじゃないけど。

「安心してください。ただ私は食事に彩りをもたらしたいだけです」

「ひいっ!?　やっぱり私たちを!?」

「あ、違う。人を殺して血を吸いたいのではなく、焼いた獣肉に塩とかつけたいという意味です」

「そ、そうですか……」

俺の言葉に対して、村長はドン引きしながらも少し考え始めた。どうやら揺れているらしい。

　彼らは現時点で守ってくれるものがない。つまり次に盗賊が来れば全滅で、さっきの盗賊たちの大半は逃げたのでまた襲ってくる恐れもある。

　盗賊が俺を恐れてこの土地から去る可能性もあるが、断言できないため不安が残る。ならば俺を利用するという選択肢も頭に浮かんでいるはずだ。

「ひとつお聞きしたいのですが。きゅ、吸血鬼が人間の物を欲しがるのですか……」

「吸血鬼は人間に近い感性を持っています。服を着ているし知性もある。なにもおかしくはないと思いますが？」

　さらに頭を悩ませる村長。吸血鬼が人間の血だけでなく、財宝なども欲しがるのは有名な話だ。ならば人間を利用する吸血鬼が出てきてもおかしな話ではない。

「……む、村のみんなと相談する時間をください」

「いいでしょう。ゆっくり考えてみてください」

　村長は俺から離れて村人たちのもとへ歩いていく。一大事だから簡単には決められないだろうが、おそらく俺を受け入れるだろう。

　さっきの盗賊がまた理不尽に襲ってくるかもしれず、その盗賊から目の前で守ってくれたのが俺なのだ。いまの彼らの頭の中は盗賊より俺の方がマシだと理解できるはずだ。

　ここで盗賊を逃がしたのが生きるわけだ。盗賊がいなかったら急場の危機がなくなり、俺を拒否する恐れがあった。

……冷静に考えたらさっきの盗賊が戻ってくることはほぼないだろうが。可能性はゼロではないし、あの盗賊以外にも危険はあるからな。

「聞きたいことがある」

黙って話を聞いていたイーリが口を開いた。

「なにが聞きたいんだ？」

「吸血鬼がなんで村の長《おさ》になろうとするの？」

イーリはいつの間にか右目に眼帯をつけていて、剝《む》き出しの左目で俺をじっと見てくる。なんとも独特な雰囲気を持った少女だ。

「俺には二つ目的がある。それを満たすためだ」

「両方教えて」

「……いいだろう。ひとつは美味しいモノを安定的に食べるためだ」

「私の血は美味しい」

イーリは服のそでをまくって、腕を俺の前に晒《さら》してくる。細くて雪のように白い腕だが……。

「随分と自信家だな。自分の血の味なんて分からないだろ」

「怪我《けが》した時につい舐《な》めちゃう。つまり美味しい」

それは本能的なものだと思う。

「あとはさっきも言ったが俺が望むのは血だけではない！　肉や魚や菓子などの人間の好物も欲しい！　それらを好きに貪《むさぼ》りたい！　そのためには人の集落が必要だ！」

俺はこの世界に魂を召喚されて、いまの体に入れ込まれたのだ。

味覚にかかわらずだいたいの感覚は人間なので、好むモノも人間寄りになっている。

この世界に来て三週間ほど経《た》つが、なにより辛《つら》いのはあまり美味しい物が食べられていないことだ。地球の食に慣れてしまった俺には、この世界の調理の選択肢のなさに辟易《へきえき》している。いや獲った獣の丸焼きが主食だから、この世界の選択肢もなにもないんだが。

俺は吸血鬼だけどさ。できたらキンキンに冷やした血とか飲みたいし、他にもスナック菓子やチューハイやアイスとかケーキとかも食べたい！　地球の食べ物がたまに夢に出てくる始末だ！

そのうち寝ている間に夢で見て、涙じゃなくて涎《よだれ》で枕を濡《ぬ》らしかねない。

それらを用意するには人の技術が必要だ！　技術発展には技術者がいるので、とりあえずこの村を使っていろいろ試行錯誤したいのだ！

やっぱり人間ってすごいよ！　人外である吸血鬼になって痛感する！

「俗物」

「否定はしない。俺の望みはな！　栄養バランスも食べ過ぎも健康も一切考えず、好き放題にたらふく食べる生活を送ることだ！　分かるか？　吸血鬼なら死なないしどれだけ酷《ひど》い生活しても大丈夫だ！　太らなければ生活習慣病もない！　なのに、ウマい飯が用意できないんだぞ!?　俺はなんのために吸血鬼になったんだ!!」

力強く豪語する俺に対してイーリは冷ややかな目を向けてきた。

仕方ないだろ元人間なんだから。美味しいモノ食べたいんだよ俺は。そのためには人間の集落で暮らさないと厳しい。特に砂糖と塩、料理された食事は手に入らないし、自慢じゃないが俺は料理が下手だ。

転生前は会社員だったのだが、健康診断の結果が酷いものだった。仕事のストレスからの暴飲暴食の結果だ。

食事を改めろと言われた時は涙が出そうだった！　だが吸血鬼ならそんなの気にしなくてよいからな！　好きな物を好きなだけ食べるためにも！

食べ物に執着あるくせに料理できないのかって？　その理論だと美食家は全員が凄腕コックだろ。

「…………」

「おい、人を『ダメだこいつ』みたいな目で見るのやめろ」

人をなんだと思っているんだ。いや俺は吸血鬼だけど。

「はぁ……どうせ大したことない二つ目は？」

「ため息をつくな。二つ目は俺の願いというか他から引き継いだ願いだがな」

俺は懐から汚れた日記を取り出して少し眺めたあとに。

「……吸血鬼と人間の共生。交わらざる二つが交わる集落をつくる。それが俺に託されたことらしい」

決まった。こんな大望を前にしては、この少女も俺を見直さざるを得ない……。

「落差ありすぎる。もう少し俗物っぽくするべき」

「無茶言うな！　これは他人、いや他吸血鬼の願いだっての！」

「そもそも無理。吸血鬼と人は捕食者と被食者の関係。カエルとナメクジは一緒に住めない」

その表現だと人間＝ナメクジだがよいのだろうか。

俺としても共生は難しいとは思っているのは否定しないが。ただなぁ……この体をもらったことには感謝してるんだよな。無理やりだったとはいえ。

なんだかんだでこの世界、目新しいことがあって楽しいし。

それに人と一緒に住む方がいい食事にありつける。

そのためシェザードのお願いを叶えるのもやぶさかではない。共生するにはどうすればよいか暇な時間に考えていた。

「それをなんとかする術《すべ》は考えている。あとで教えてやるよ」

「ならあとで聞いてやろう。申してみよ」

「何故に上から目線……」

急に無表情で偉ぶってくるイーリ。吸血鬼相手によくやる……本当によく分からないなこの娘。

それと気になっていることがある。さっきから村人たちは話し合っているが、この少女は完全にかやの外であることだ。

「今後の相談をしているが、お前は入らなくてよいのか？」

「私はもう村から出た部外者。発言権もない」

「なのに自分の体を対価に村を助けてと言ったのか。変わった奴だな」

「吸血鬼に言われたくない」


村の広場に集まった村人たちはひたすらに、頭が禿《は》げるのではないかと思うほどに悩みぬいていた。

「きゅ、吸血鬼に従ったら血を吸い殺されるぞ！」

「だがまた盗賊が攻めてきたらどうするんだ!?　あいつらも鬼みたいなものだぞ！」

「盗賊と吸血鬼のどちらか……なんという悪夢か……！」

「そもそも従わなければ、殺されるのではないか⁉」

子供を除いた者全員が、この村の将来を生涯で最も真剣に考えている。

彼らにとっての現状はギロチンの振りあげられた断頭台に、体を固定されているに等しかった。

吸血鬼に従えば血を吸われて死ぬし、従わないと返事すれば不興を買って吸血鬼にこの場で殺されかねない。

リュウトの掲示した三択。それは彼らにとってはどれを選んでも同じ末路。どうやって自分の死に方を選べるかに近いものだった。

村人たちは小声で叫び続ける。だが決まらない、決まるわけがない。しかも彼らにとって恐ろしいのは、その吸血鬼がこの話し合いを遠目で見ていることだ。

村人たちは吸血鬼が自分たちのことをエサとして見ていると考え、恐ろしさで背筋を震わせる。

（とりあえず調味料だけでも先にくれないかなー）

などと当の吸血鬼は思っているのだが、分かるはずもなく。

恐怖によってまともな議論になるわけがない。だからこそ、この村を統《す》べていた者が決めねばならなかった。

「……ワシが決める。この村は吸血鬼に従うのじゃ」

村長が杖《つえ》を地面に力強くついた。

「そ、村長!?　しかしそれでは吸い殺され……！」

「従わなければこの場で殺される。万が一、殺されなくて吸血鬼がこの村から去ったとしてもじゃ。もしまた盗賊が襲ってきたら同じ。ならばわずかでも生きられる可能性の高い方に賭けるべきだ。それにあの吸血鬼にどんな思惑があろうとも、ワシらを助けてくれたのじゃ……」

「「「…………」」」

「あとはイーリに感謝せねばじゃな。彼女が吸血鬼を連れてこなければ、ワシらは間違いなく死んでおったよ。村から追い出したというのに、ワシらのためなんぞに戻ってきおって、バカモノが……」

村長は複雑そうな表情を浮かべる。それを見た村人たちは何も言えずに黙り込んだ。村長の言葉に逆らえる者はここにはいなかった。


「おっと、話し合いは終わったようだぞ」

俺がイーリと話していると村長が恐る恐る近づいてきた。どうやら話し合いは終わったようで、他の村人たちも離れてこちらを見ている。

よく見るとこの村の者は全員が不健康にやせ細っている。栄養や食事が明らかに足りていないな。

(……こりゃ美味しい食事は期待できないな。仕方ないけど)

「決まりましたか。さてどうしますか？　私を受け入れるか、拒否して自分たちで生きていくか」

さてどう返事してくるかな。受け入れられないなら去るしかない。

「……どうか私たちをお守りください。代わりに血を捧げますじゃ……」

村長は頭を下げてきた。先ほどと違って敬語を使っていることからも、ひとまずは俺に従う雰囲気を見せている。これで俺がこの村の権利を得ることになったな。

始めの一歩として、この村を拠点にしていくとするか。

これから彼らは俺の支配下になる。ならばもう敬語は不要だろう。

「いいだろう。このリュウト・サトウがこの村を守ってやろう。代わりにお前たちは俺に従え。なに、悪いようにはしない」

「ひいっ!?」

営業スマイルを浮かべると村長は悲鳴をあげる。しまったな、また鋭い犬歯が見えてしまったか。吸血鬼になって、人としっかり関わるのはこれが初めてだからなぁ。今後の改善点か。

「手始めにまずは村の修復からか。燃えた家も建て直さなければな」

村を見渡すと家は大半が燃え崩れていて酷い惨状だ。新たな生活の前に衣食住を整えないとどうにもならない。

「で、ですが木材がありません……」

村人たちは震えながら告げてくる。少しリラックスというか落ち着いてほしい。

「近くの森で伐採すればいいだろ」

この農村は山や森に囲まれているから木々など腐るほどある。だが、長老は首を横に振った。

「近くの森には魔物や獣が出ます。森に入るだけならまだしも、木など伐採すればすぐに寄ってきて襲われますじゃ」

そういえばそうだったな。吸血鬼の俺からすれば肉が歩いているだけに感じて、脅威であることを忘れていた。

この体はクマ相手だろうと素手で首をひねり殺せるし、そこらの魔物や獣などまったく怖くないので彼らの言う危機感がぬけていた。

だが俺としては、不意をついて出てきた虫の方が怖い。人間のときの記憶のせいか毎度驚く。

「ならこれをやろう」

俺は懐から木のコップを取り出し、自分の指先を爪で切り裂いて血を流し入れる。コップの中に少し血が溜《た》まると、それを村長に手渡した。

渡されたコップに目を見開き、中のものにものすごく嫌そうな顔をする村長だったが

――


「いいっ!?　きも……い、いや失礼を！　こ、これはまさに見事な血ですな！　さすがは吸血鬼様！　この赤々とした色はまさにダイヤの輝きにも劣らぬ！」

すごく必死によいしょしてくれた。

いやどう見ても濁った血だよ。頑張って無理して褒めなくていいから……別に吸血鬼だからって自分の血に誇りはないよ。

「……このコップを近くに置いておけ。雑魚《ざこ》の魔物や獣は俺の匂いを恐れて寄ってこない。その間に木を伐採しろ。いいな？」

吸血鬼はそこらの獣や下級魔物よりも強者だ。その者の血の匂いが近くにあれば、近づいてこない。強い奴《やつ》は別だが村周辺の森ならそんなのはいないだろう。

「わ、分かりました！」

これでひとまず村の建物は修繕されるだろう。なら俺も村の発展のために準備させても

らうとするか。

（さてと……思いがけずに人と吸血鬼の共生の第一歩を踏んだわけか）

離れて行く元村長の後ろ姿を見ながら、ふとそんなことを考えてしまう。


夜が明け始めると、村から離れるように森へと入っていく。そこで何故かイーリがついてきた。

「何故ついてくる。森は危険なんじゃなかったのか」

「リュウト・サトウ吸血鬼がいれば安全」

「……リュウトでいい。確かにそうだが、お前は俺が怖くないのか？」

俺の問いに対してイーリは左目でジッと俺を見てくる。

「なんというか性格がダメ。怖くない」

「……それは褒めているのかけなしているのかどっちだ」

「その答えはリュウトの中にある」

やはりこの娘はよく分からない。こういう少女なのだと考えることにしよう。

村が見えなくなるほど森の奥にきた。この辺でいいだろう。

「なにするの？」

「いまの村には食料が足りない。このままだと人はあまり増えないからな。やはり食べ物が満たされてこそ人口は増えるだろう？　だから、育ちやすい作物を手に入れる」

「手に入れるってどうやって？　この森を探すの？」

「違う。俺には頼りになる……かは、分からないが仲間がいる」

懐から日記を取り出して召喚術のページを開き、やり方確認しながら記載の作法にならう。

俺は指を噛《か》んで傷をつくると、滴《したた》る血を地面にポトリと落とす。そして手のひらを向けて魔力を練っていく。

「我が呼び声、我が祈り、我が求めに応えたまえ……」

地面に落ちた血が線となり、巨大な幾何学模様の魔法陣が描かれると、バチバチと火花を散らし始めた。

「世界の境目をあざ笑いて出《い》でよ。摂理を破りてここに現れよ。我が望みが血の一滴よ……！」

魔法陣が収束して爆発した。そして陣があったところには多くのデフォルメ化された生き物がいた。百匹のコウモリがバタバタと周囲を飛び、五体のモグラが地面に四つ足で立ち、そして五匹のガが羽ばたいている。

「お呼びですかリュウト様！」

コウモリのうちの一匹――コウモリーダーのコロラン――が元気よく叫ぶ。

「ご所望の物は探し終えています！」

モグラのうちの一匹――モグラ団長のモグラン――がニヤリと笑った。

「呼ばれるのを待っておりました！」

ガのうちの一匹――ガ組長のガン――が愛想ではなく鱗粉《りんぷん》を振りまく。

「なにこれ？」

イーリはそんな俺たちの仲間を指さして首をかしげた。

「こいつらは俺の眷属《けんぞく》だ。各隊にとある物を探してもらっていた。モグラン、首尾は？」

「ははっ」

モグランが地面に置いて差し出してきたブツに視線を向ける。それは茶色くて丸いイモ――ジャガイモ――であった。

イーリはしゃがんでジャガイモに顔を近づけたあと、ツンツンと触り始めた。

「なにこれ」

「それはジャガイモ。育ちやすくて美味しい優秀な作物だ。焼けばそのまま食べられるのも長所」

この世界の作物と言えば麦だ。麦はそこまで多く取れない上に、パンにしないと食べられない。それにくらべてイモは年に二回収穫できるのがよい。

すごく便利な作物なので眷属たちに捜索させていた。この世界にもきっとあるだろうと踏んでいたが予想通りだ。地中のイモを発見できるとは、さすがはモグラと言わざるを得ない。

先見の明が役に立ったな……嘘《うそ》です。俺がジャガイモ大好きなだけなんだが！　フライドポテトは神の造りし産物、異論は認めない！

吸血鬼的にはトマトがよかったけど、そちらはまだ見つかっていない。だができれば手に入れたい。トマトジュースは血っぽいから大抵の吸血鬼は見た目的に抵抗ないだろ。味は、まあ……人間が肉っぽい大豆肉を食べるみたいな感覚だと思えば大丈夫だろ。

「食べ物に見えない」

「……え？　見えない？」

「うん。岩っぽい見た目、もしくは土の塊」

イーリはイモをまじまじと見ながら呟《つぶや》く。確かに言われてみればジャガイモって、見た目はあまりよろしくないかも。俺は地球で見慣れているし、美味しいのも分かっている。だが初見だと微妙な見た目かもな。皮を剝《む》かないと色合いは土色だし。

「皮を剝いたら黄色で調理すれば食べられる。まずはこのジャガイモひとつを畑で栽培させて量産し、後々は他の作物も育てさせていく予定だ」

「いっぱい食べられる？」

「もちろんだ。育ちやすい作物だからこそ、眷属に捜索させたからな。どうだ？　俺の眷属たちは優秀だろう？」

俺は少し鼻を高くして眷属たちを自慢する。モグラたちはそんな言葉に気をよくしたのか。

「「「我ら、栄光輝く眷属《シャイニング・ファミリアズ》！　リュウト様をお助けするため！」」」

「空！」

「陸！」

「空！」

「「「三位一体にて頑張る所存！」」」

謎の決め台詞《ぜりふ》を宣言したのだった。ちなみに栄光輝く眷属《シャイニング・ファミリアズ》は彼らの自称だ。

その言葉に対してイーリは無表情を保ったまま。

「ねえねえ」

「なんですかイーリ様！　我らの活躍という輝きをご覧になられて」

「日陰者ズに命名し直した方がいいよ」

「「「…………」」」

「やめたげてよぉ!?」

日陰者ズはあんまりではないかな!?　確かにその方がしっくりくるけどさ!?

コウモリもモグラもガも、光というより日陰の方だろうけどさ!?　自分たちが輝くというより光に寄っていく側だけどさ!?

イーリはさらに五匹のガたちを見続けている。

「………………」

「な、なんですかイーリ様!」

「いやなんでもない。私にも最低限の慈悲はある」

日陰者ズまで言っておいて、慈悲があるとはいったい。

悪魔が最後の慈悲で、安らかに殺してやるとかかな?

「お、俺たちに至らないところがあるなら言ってくだせぇ!　教えてもらえない方が辛いです!」

ガのリーダーであるガンが力強く宣言した。なんて前向きな態度だろうか、俺はよい眷属を持ったなぁ。イーリはガンの言葉に心打たれたのか、わずかに迷ったあとに口を開いた。

「ガってコウモリの下位互換。コウモリにできなくてガにできることある?」

「ミノムシに帰らせていただきますー!?」

「やめろガン!　早まるな!　退化しなくていいからそのままの君でいて!?」

な、なんて毒舌な少女だ。一匹のガを言葉で退化に導こうとするとは……。

なんとかガンの自然界への反逆を止めると、コロランが飛んできて俺の肩に乗った。

「ところでリュウト様。偵察に出ているコウモリの一匹が、盗賊の住み処《か》を発見しました！」

「逃げた盗賊団のアジトが見つかったか。じゃあ討伐しに向かうか。イーリは村に残って……」

イーリは眼帯をつけてない左目で、じーーっと俺を見つめてくる。

喋らなくても分かるぞ。連れていけと目で訴えている……別にあの盗賊くらいならイーリを連れて行っても余裕だけども物好きな。

「……お前も来るか？」

「行く。それと逃げたというか逃がした」

「バレてたか。盗賊団なら金を貯《た》め込んでると思ってな」

さすがに俺が村長になるために逃がしたとは言えない。それに金を強奪しようとしたのも嘘ではないし。

「他の理由もある」

「ないぞ？」

イーリがジト目で見てくるけど知らんぷりする。盗賊の根城を把握できていれば、全滅させることができるので逃がしたのだけど、内緒である。

「村発展の元手にさせてもらおう。コロラン、案内してくれ」

「こっちです！」

俺たちは盗賊討伐のために歩き出すのだった。

第4章

吸血鬼、賊を退治する

「おい！　早く撤収準備しろ！」

とある洞窟の中、村を襲った盗賊たちが必死に旅支度をしていた。

彼らは全員が恐怖に震えている。自慢の親分が吸血鬼に瞬殺され、明日は我が身かと恐慌状態に陥った。

少しでも早く逃げるために急いで荷造りをしていたはいいが、財宝の詰まった宝箱の前で言い争いが始ってしまった。

「夜になるまでに少しでも逃げるんだ！　吸血鬼がやって来たら殺されるぞ！　親分が死んじまったんじゃ俺らに勝ち目はない！」

「分かってる！　さっさと宝を持ち出して逃げるぞ！　俺が持つ！」

「はぁ!?　こっそり盗《と》る気だろ！　俺が！」

「ざけんな！　お前なんか信用できるか！」

所詮はならず者の集団。

互いにそこまでの信用がおけずに、誰が貴重品を持つかで言い争いになる。

「待て！　争ってる場合か！　ここは間をとって俺が運ぶ！」

「「ざけんな！」」

彼らは気づかない。天井にいるコウモリたちが目を光らせていることを。

いや気づいても無駄だっただろう。どうせ逃げ切れないのだから。すでに吸血鬼は――

「待たせたな、盗賊たちよ。血だけではなく金を吸いに来たぞ」

「「「ひ、ひいぃぃぃぃぃっ!?」」」

洞窟に足を踏み入れていたのだから。


俺は盗賊たちの悲鳴を一身に浴びた。奴《やっ》らは俺と少しでも距離を取るために洞窟の奥の壁へと集まっていくが、行き止まりなので逃げ場はない。

「さて盗賊たちよ、もう手加減する理由はないぞ」

腕を組み、獲物をおいつめた獣のように妖しく笑みを浮かべて告げる。

さっきの村では盗賊たちを迂闊《うかつ》に殺せなかった。理由としてはこの本拠を知るため、そして俺が村人に怖がられないためというのがあった。

考えてほしい。吸血鬼が盗賊とはいえ人間を殺しまくったら、間違いなく恐怖の対象にされる。そして俺は不殺主義者ではない、盗賊を放っておく方が問題と思っている。

元人間だし、それゆえ普通なら人を殺すのに忌避感が生じるところだが、やはり目の前の人間たちを虫のようにしか感じない。

もし吸血鬼が食料である人を殺せなければ餓死する。そういう意味では人殺しが気にならないのがむしろ自然の摂理なのかもしれないが、俺の場合は人間離れしすぎてそういう感覚がうすれた。

でも、だからといって常に殺したかと言われたらそうでもない。汚れるも嫌だなーとか思っちゃうし。おびえる盗賊たちを見てどう扱うか考える。

あ、でも捕縛して売れば金になるか？　鉱山奴隷とかで……いや売り先がないな。生かして捕らえておくのも大変だ。食料も必要だしそんな余裕はない。

「イーリ、少し外に出ていろ。いまから盗賊が死んでいく。あまり気分のいい光景ではないからな」

「気にしない。私は平気だから」

イーリは澄ました顔のままだ。そういえばこの少女、狼《オオカミ》を殺したときも特に気にしていなかったな……本人が気にしないなら無理に追い出すこともないか？

自分が吸血鬼になったからか、血くらいなら見せてもいいかなって思えてくる。いまならスプラッター映画をトマトジュース飲みながら鑑賞できそうだ。

「て、てめぇ!?　なんで吸血鬼が日中に活動してやがる!?」

盗賊のひとりが叫ぶ。

「村でお前たちの親玉が叫んでいただろ。俺は吸血鬼特有の弱点がないと。ならわざわざ夜まで待って、お前らを逃がす理由がないだろ」

「なっ……!?」

「じゃあ改めて、と。安心しろ、せめて一撃で葬ってやる」

俺はそう宣言して手刀をかまえながら彼らのもとへ歩いていく。

盗賊たちはあとずさりしようとするが、もう下がる場所がない。

「く、くそっ！　やったらぁ！」

盗賊のひとりが剣を振り上げて俺に襲い掛かってきた。振るってきた剣に対して、俺も手刀で応戦する。手刀と剣がぶつかった結果、剣の刀身が半ばからへし折れた。

「う、そ……」

呆然とする盗賊の首を手刀で刎《は》ね、残りの盗賊たちに視線を向ける。

まだ三十人以上残っているし、ひとりひとりは面倒だな。ここは魔法で一掃するか。

「ま、待ってくれ！　降伏するから助けてくれ！」

「仕方なかったんだ！　俺たちも元々は食うに困って盗賊になった！」

なす術《すべ》がないと命乞いをし始める盗賊たち。俺が吸血鬼と知っているだろうに今さら命乞いとは、恐怖でパニックになり頭がおかしくなっているようだ。

とはいえ遠慮するつもりはない。こいつらを逃がしたらまた他の村が襲われるだけだ。

「仮にそうだったなら、せめて食料を奪う程度にとどめるべきだったな。あそこまで村を蹂躙《じゅうりん》したあとでは嘘《うそ》にしか聞こえない。血よ、命を穢《けが》せ」

首無し死体から流れ出た血が蠢《うごめ》いて、盗賊たちの足もとに流れるように移動していく。彼らの踏んでいる地面がどす黒い血だまりになる。そして、血が触手のように伸びると、盗賊たちの足から体へとまとわりついていく。

「ひ、ひっ⁉」

「やめっ、たすけっ⁉」

盗賊たちは助けを求めるように手を伸ばしてくるが、俺はそれを拒否するように背を向けた。

「お前たちが村の人に慈悲を与えていれば考えたがな」

やはり人を殺すことになんの感傷も浮かばない。以前なら間違いなく迷っていただろうに、これも吸血鬼の体の影響か。

人間が獣を狩るのと同じ。獲物を貪るのに葛藤していては、生きてはいけないという生存本能か。

「ち、ちくしょう！　てめぇなんて吸血鬼狩りに殺されおおおぉぉぉ……」

「あああぁぁぁぁっぁ……」

盗賊たちは血の触手に全身を包帯のように巻かれて次々と倒れた。この血の触手は触れたものを壊死《えし》させる、全身を包まれた彼らは言わずもがな死んでいる。こいつらの血は……非常食かな、でも不衛生でマズそうだな……。

生かしておくことも考えたがどれを取ってもデメリットしかない。

イーリは息絶えた盗賊たちに近寄り観察したあと、俺をまじまじと見つめてきた。

「冷血鬼」

「人を冷血漢みたいに言うんじゃない。吸血鬼の血が温かかったらむしろ違和感ないか？　ほら低温動物っぽいだろ？　それに地味に傷つくんだぞ俺も」

「確かに。冷血鬼は冗談」

……この少女、無表情で話してくるから全く感情が読めないな。

「ところで、なんでたまに偉そうな口調をしているの？」

「こちらの方が似合うだろ？　ほら吸血鬼的に」

普段の俺はもう少し腰が低いが、ペコペコする吸血鬼も変だし弱そう。村の人に受け入れてもらうにしても、必要以上に低姿勢だと逆に怪しまれるわけで。

一応、状況に合わせて変えてはいるつもり……。

「似合わない。無理しても無駄。滑稽であざ笑いそうになる」

「失礼な。親しき仲にも礼儀ありだぞ。いや知り合って間もないけど」

「失してない。私には最初からないから」

「……無礼者だと言いたいのか？」

コクコクとうなずくイーリ。

相変わらずこの少女は掴みどころがない……というか無礼者って名乗るのはどうなのか。無頼者なら分かるが。

「はぁ……もういい。村に帰って早速統治を開始する」

「なにするの？」

「色々と考えている。まずは食料状況の改善を……む？」

洞窟の外から妙な気配がした。

目を凝らすと遠い上空にカラスが飛んでいる。そのカラスと俺の目が合った。

吸血鬼となった俺ならばあれが普通の鳥ではないと分かる。あれは使い魔だ、何者かが使役している動物。

カラスはそのまま森の中へと降下していった。あれでは今から追いかけても難しい。きっと使い魔の主に情報を伝えに向かったのだろう。

「どうしたの？」

「いやなんでもない。村に帰るか」

俺たちは宝箱を回収して村に戻るのだった。

宝箱は金銀財宝ザクザクとはいかないが、上等な剣や金貨銀貨が入っているのでそれなりの値段にはなるだろう。

（これでなにか美味しいもの……金があっても今は使う場所がないか）

森の中の平野に立つ少女の元に、カラスがバサバサとその腕に降り立った。

足もとには首を刎《は》ねられた人間、いや吸血鬼の死体が転がり日の光で風化し始めていた。

「かー、かー」

「……見つかったのね、次の獲物が。あの吸血鬼じゃないのは残念だけど……一度、街に戻って態勢を立て直しましょう」

少女は全身に銀の鎧《よろい》を纏《まと》っていた。鉄よりも高価で柔らかく、本来なら鎧にする意味のない金属。丈夫でもなければ修繕にも高い費用がかかる。

ただし、とある状況にのみ極めて有用である。清きものに弱く。白銀に触れるとただれ弱体化する存在——吸血鬼。彼らを退けるための最強の鎧である。

少女は金色のポニーテールを揺らしながら、カラスがやって来た方向を睨《にら》んだ。

「吸血鬼は許さない。私が絶滅させてやる……!」

俺が村にやって来てから三日が経《た》った。

その間にさっそく村人にジャガイモを植えてもらった。

俺よりも彼らの方が農耕に詳しいだろうと全て任せている。それに、ジャガイモは育ちやすい作物なので、おそらくは大丈夫なはずだ。

もちろん俺もなにもしていないわけではない。森に入って、クマやイノシシを狩っては肉を振る舞っている。吸血鬼の力で獣の匂いを辿《たど》れるし、狩りは朝飯前だ。

ちなみに肉の調理はイーリが行っている。意外だが料理が得意なのと、俺を恐れていないので食材を任せる時に接しやすい。

そして今日は、村の再建のために二十人ほどの村人たちと一緒に森に出向いている。

「リュウト様、この木を切っていただきたいのですが」

斧《おの》を持った村人が木を手で触れながら俺にお願いしてくる。彼はこの村の木こりで、よい木材や使いやすい木に詳しい。

そんな彼が選んだ木は太さ七十センチくらいの立派な木だ。確かにこれなら木材として使いやすそうだな。

「ふん！」

俺は足に力を入れて筋肉を硬化し、木の幹に対して回し蹴りをする。木は大根を包丁で切ったかのようにスパリと両断され、そのまま音を立てて地面に倒れた。

力が強いって便利だな！　ちなみに刃のような切れ味なのは、変身魔法のちょっとした応用だったりする。

「きゅ、吸血鬼様すごいですね！　斧で切るの馬鹿らしくなるほど素晴らしいです！」

「よーし、運べ！　木を村に運ぶんだー！　吸血鬼様の切った木だ！　自分の体よりも大切にしろ！」

「いやそこまでしなくてていいから……」

村人たちの態度がなんかすごく恭しくてつらい。明らかに警戒されてるよなぁ……。

待機していた村人たちは地面に倒れている木に集まって斧で枝を切ると、力を合わせて持ち上げて運んでいく。俺が運んだ方が早いのだが、まだまだ木を切る必要があるため任せることにする。

いっそ、村の方に木を投げ飛ばすという選択肢もあるが、さすがに危ないし……

それはそうとして、さっきから気になっていることがある。

「…………」

木の陰に隠れた幼女が、ずっと俺を睨んでいる件について。

「メル。言うことを聞きなさい！」

「ダメだよ！　絶対におかしいよ！　吸血鬼を村に住まわせるなんて！」

私は家でお母さんと喧嘩《けんか》している。

吸血鬼が村に来た盗賊を襲って倒したおかげで、この村が助かったのは分かっている。

でもだからといって、吸血鬼が今度は村のみんなを襲わない保証なんてない！

せっかく助かったのに……また酷《ひど》い目に遭うのは嫌！

「メル、よく聞きなさい。また盗賊が襲ってくるかもしれないの。その時に吸血鬼様に戦ってもらえれば私たちは助かるのよ」

お母さんは私に優しく教えてくれる。

でももう盗賊は退治したって聞いたもん！　やっぱりお父さんもお母さんもおかしいよ！

二人とも吸血鬼に騙《だま》されてるんだ。私が吸血鬼をなんとかしないと……！

吸血鬼の弱点は知っている。ニンニクだ。ニンニクを食べたら吸血鬼は死んじゃうって聞いた。だから家からニンニクや干し肉とかを持って、明日森に向かう吸血鬼のあとをつけた。

「いやあ吸血鬼様のおかげですよ。大人数なのに森で作業できます」

「以前ならせいぜい二人。しかもすぐ去らないと魔物に襲われてたもんなぁ」

私は草の茂みなどに隠れながら、朝から吸血鬼のことを追跡していた。村の人たちが吸血鬼と笑って話しながら歩いている。しゃべっているのは木こりのおじさんたちだ。

「気にすることはない。俺にも利点があってのことだ」

吸血鬼はニヤリと笑って歯を見せびらかす。やっぱり悪者の顔だ。あの歯は絶対に悪い奴だ。

「歯を見せびらかすのやめた方がいいよ」

吸血鬼のそばにいるイーリちゃん。あの子は吸血鬼に脅されて、きっと酷い目に遭っている。吸血鬼にこき使われてるし、体を捧げると言っていた。

早く助けてあげないと……！

そうして彼らは森までくるとお仕事を始めた。木こりのおじさんがなにか言うと、吸血鬼が木を蹴った。すると木は簡単にへし折れてしまう。

や、やっぱり危ないよ！　あんなのがいたら村のみんなが殺されちゃう！

怖いけど私がやるしかない！　私がみんなを守るの！

持ってきたニンニクを干し肉にこすりつける。吸血鬼はニンニクが苦手と聞くので、これでもきっと効果はあるはず！

私が吸血鬼の近づくと、奴も私のことに気づいたようで悪魔の笑みを浮かべてきた。

「どうした？　俺になにか用か？」

「さ、差し入れです！」

ニンニクをこすりつけた干し肉を差し出す。すると吸血鬼は、笑いながら干し肉を受け取って、口に入れてバリボリと食べた！

やった！　これで少なくともダメージを受けて弱るはず！

「うまい。ありがとな」

「えっ⁉」

吸血鬼は笑いながらお礼を言ってくる……あれ⁉　なんで⁉　ニンニクが弱点のはずなのに⁉

いや落ち着くんだ。きっとニンニクの量が足りなかった。次はもう少し多く渡すようにすればいい。なら、いまやることは……逃げる！

「こ、これで終わったと思わないでよっ！」

私は急いで駆け出してなんとか逃げ切って家に帰った。

吸血鬼たちが森から帰ってきた翌日。今日の吸血鬼も家を建て直すために木を切っていた。村のみんなも一緒だ。

私は木のしげみに隠れてそれをかんししていた。

「はあっ！」

吸血鬼が手を振り下ろすと、大きな木が真っ二つに割れた⁉　相変わらずおかしい、あんなの大人が斧を使っても時間がかかってるのに……！

「さすがは吸血鬼様だぁ。鉄の斧が不足しているのでたすかりやす」

「村を守ってもらうだけじゃなくて、復興の手助けまでしていただいて。本当に領主様とは大違いだ」

村のみんなは吸血鬼に逆らえない。でも私は子供だからきっとあいつも油断している。

「一仕事あとの血はいかが？」

「そんな仕事終わりの酒みたいに言うなよ。そもそもまだ終わってないし」

吸血鬼の近くにいるイーリちゃんが、服のすそをまくりあげて腕を差し出している。やっぱり脅されてる……！

持ってきた革袋を手に取って、木のコップへとお水を入れる。この水はニンニクをひたしたものだ。今度こそニンニクの味がついてるので大丈夫なはず！

私は吸血鬼のそばへと走っていくと。

「差し入れです！」

「おっ。昨日に引き続きか。ありがとな」

吸血鬼はコップを手に取って水を飲んだ！　やった！　これで今度こそ苦しんで――

「うん、うまい。一汗かいたあとの水は美味しい」

「!?」

な、なんで!? 今度は水にニンニクを浸してるから、昨日よりも効いてるはずなのに!?

ま、まずい! バレないうちに逃げないと……!

「ま、また明日持ってくるから逃げないでっ!」

そう言い残して私は逃げ去った。吸血鬼は追ってこなかったので、私がニンニクを仕込んだのはバレなかったようだ。

で、でもどうしよう……ニンニクを水に浸しても、吸血鬼は全然きいてるようには見えなかった。こうなったら……直接ニンニクを食べさせるしかない……!

そして明日になった。私はニンニクを服の中に隠して、それとお守り代わりにおうちから銀のフォークを持ってきた。これはお父さんの宝物なので、あとで返さないと。

吸血鬼にバレないように近づいていく。今日の吸血鬼は大工のおじちゃんとおうちを建てていた。

「この柱はここに埋めればいいんだな? ふんっ!」

吸血鬼が地面を殴るとズボッと穴ができた。そして吸血鬼はその穴に木の柱を突っ込む。

「おおっ! すげぇ力です! 本来なら穴を掘るのに時間がかかるんですよ!」

「それだけじゃないぞ。血よ、凝固せよ」

ドヤ顔の吸血鬼が懐から小瓶を取り出すと、フタをあけて柱の近くに血を振りまいた。

すると地面や柱の一部がうっすらと赤くなっていく。

「おおっ⁉　土がカチコチになって柱が固定された⁉　こりゃすげぇ！」

「土壁の固定も任せろ！　血に土を混ぜれば、勝手に壁になるように仕上げてやる！」

「すごいです！　すごいです！　ほんとにすごいです！」

大工のおじちゃんが地面を手で叩いて興奮……いや顔が引きつってる。

「言いたいことがあれば言ってくれていいんだぞ」

「い、いえめっそうもない！」

「言え。命令だ」

「……ち、血で固まった家はちょっと怖いと言いますか」

「………この家は俺が住むよ。他の家の壁には手を出さない」

やっぱり吸血鬼だ……！　私たちを血の家に住ませようとしてた！　少し危ないけどもう勝負に出るしかない！

吸血鬼が地面にしゃがみこんだ。いまだ！

私は服の中からニンニクを取り出して、手に持ったまま吸血鬼に走り寄っていく。急いで背後に近寄って、そのまま口にニンニクを入れてしまえば……！

でも吸血鬼は私の方に振り向いてしまった。

ま、まずい……ニンニクを持ってたらもう言い訳が……⁉

「お。また差し入れか。ありがたくもらうよ」

「えっ⁉」

吸血鬼は私の手からニンニクを奪うと、パクリと口に入れてしまった。

そしてモグモグと咀嚼《そしゃく》したあと、私の方に目を見開いて睨んでくる。

こ、殺される……⁉

私は思わず隠し持っていた銀のフォークを、ポケットから取り出して構えた。

「むっ！」

吸血鬼は牙を剥《む》いて私に襲い掛かって来る。

（嚙《か》まれるっ……⁉）

必死にフォークを振り回すが、あまりの怖さに目をつぶってしまった。

お父さんお母さんごめんなさい。私がもっと強ければ村のみんなを守れたのに……イーリちゃんもごめんなさ……あれ？　まだ痛くない？　嚙まれてない？

おかしいなと思っておそるおそる目をひらくと、吸血鬼は私を片腕で抱き抱えていた。

「……大丈夫か？　こいつがいて危なかったから思わず抱きかかえてしまった」

吸血鬼はもう片方の手を私に見せてくる。スズメバチを優しく摑《つか》んでいた。

「えっ、えっ……私に怒ったんじゃないの……？」

わけが分からない。退治しようとした私を怒るばかりか、助けようとするなんて。銀のフォークまで取り出したら、さすがにバレていないわけもないのに。

吸血鬼は私を地面に降ろすと、そんな私の頭を撫《な》でてきた。

「怒るはずがない。村のみんなを守ろうとしてるんだもんな。むしろ俺に対して無警戒で迎え入れる方がおかしい」

吸血鬼は優しい声で告げてくる。その雰囲気はまるで……お父さんのようだった。

「ごめんなさい……ごめんなさい……！」

思わず泣いてしまうと、吸血鬼さんは私の頭をさらに撫でてくれる。

それが温かくて、優しくて、すごくよい人なんだと思った。そうして私は吸血鬼さんに許してもらえて自宅へ…………あれ？　銀のフォークどこにいったの!?

「このバカ！　あの銀のフォークは吸血鬼様の不興を買わないように、こっそりと処分する予定だったのに！　ゆ、許してもらえたからよかったものの！」

私は家に帰ってからお父さんに怒られた。ここまで怒ったお父さんは初めて見た。

「本当に……本当に無事でよかった……！」

お父さんは私に抱き着いてきて、痛いけど温かかった。

「あのね、吸血鬼さん。あまり怖くないよ」

「……そうか。そうなのかもな……ここまでやったら、普通の人間でもなかなか許してくれないものな」

メルを助けたあと、俺はスズメバチを逃がしてから家に戻って水で手を洗った。

（うう……スズメバチを触るのきつかった。でもあの娘が刺されたら危ないからなぁ……）


そうしていまは村の中を歩いていると。

「お、おい。あれ……」

「やべぇ。村長やべぇ」

通りすがった村人たちが、俺の方を見て驚いている。

昼の日中から歩いている吸血鬼だから仕方ない。そのうち彼らも慣れるだろう。

「え、えぇ……」

「痛くないのだろうか……」

さらに村人たちから声が聞こえる。いやぁ、人気者はつらい。

そう考えながら自宅へと戻って中に入る。

「おかえり」

そんな俺を出迎えてくれたのは、家の掃除しているイーリだ。村に住んでから彼女はなぜか俺の家に住み着いていた。

「なあ、自分の家があるのになんで俺の家に？」

「体を捧げたから。リュウトの所有物として家にいないと」

「別に受け取ってないから自宅へ帰れ」

「どうせここに遊びに来るし帰るの面倒」

「本音そっちかよ」

無表情のまま告げてくるイーリ。相変わらず掴みどころがない……。

俺はシェザードから譲り受けた棺桶《かんおけ》で寝るから、同じ部屋だろうが個室みたいなものだしいいけどさ。

「ところで気になることがある」

「なんだ？　昼に歩けることなら以前も話したと思うが、俺は人の魂だから吸血鬼特有の弱点が」

「違う。背中にフォーク刺してるけど痛くないの？」

……フォーク？　両手で頑張って背中をさぐると、なにか硬いものが手に当たる。掴んで引き抜くと銀のフォークが……。

「も、もしかしてさっきまでの村人の反応は……!?　太陽の下にいて平気なことじゃなくて、銀のフォークが背中に刺さっていたことに対してか!?」

「うん」

そりゃ驚くよな!?　背中にフォーク刺してる奴がいたら二度見するよな!?　俺だって絶対に見るよ!?

「ち、ちくしょう！　このフォークめ！」

「あ、そのフォーク欲しい。お肉食べるのに使う」

「俺の背中に刺さってたフォーク使うの？　正気か？　というかこれ誰のか分からないし、持ち主見つけて返す！」

結論から言うと、この銀のフォークはイーリの手に渡った。持ち主は見つかったのだが、俺の背中に刺さっていたことを知っていたようで、すごくご丁寧に返品をお断りされてしまった……！

他人の使い刺しのフォークは嫌だったようだ。うん、俺も絶対嫌だし。

第5章

吸血鬼、徴税官を追い返す

俺が村にやって来てから二週間が経《た》った。

村の再建を手ずから支援したこともあって、だいぶ盗賊の被害から立ち直りつつある。

この件については村人たちもなにも言わなかった。彼らも盗賊は恨んでいたしな。

なんだかんだで、村人とは良好な関係を築き始めた……と思った矢先だった。

「大変です！　徴税官が村に近づいているそうです！」

昼間なので棺桶《かんおけ》の中で寝ていたところ、村長改め長老が自宅に駆け込んできた。俺はマイ棺桶のフタを開いて外に出る。眩《まぶ》しい。

「おはよう」

目の前には眼帯少女であるイーリの顔があった。

「……お前はいいかげん、自分の家に帰れ」

「住み慣れた」

イーリが淡々と告げてくる。

彼女は自分の家があるだろうに帰らない……家事とか掃除してくれるからよいけども。

「それで元村長。徴税官がやって来たのか？」

俺はポーカーフェース少女のことは放置して、立ち上がって元村長に視線を向ける。

「は、はい！　先ほど外に出ていた者が、この村に向かってくるのを見たと！　知らせるために急いで村に帰ってきたようですが、おそらくすぐに徴税官も来るかと！　きっと今年の税を決めに来たのです！」

徴税官。その名の通りに税を徴収する役目を担《にな》った役人だ。
領主に雇われて各村から収穫の何割かを税として回収するのと、どれだけの税を課すかの決定などの役目を担っている。

「ど、どうすればよろしいでしょうか？　税を渡せばリュウト様に納める分が……」

「まずは様子を見たい。俺がいない体《てい》で迎え入れてくれ」

「は、はあ……分かりました」

元村長はうなずいて家から出ていった。

俺が出ない理由、それはこの村が本当に領主から見捨てられているか確認するためだ。

見捨てられている状況証拠は十分だ、村人たちは盗賊討伐を依頼しても断られた。それに盗賊たちも領主と取引して、この村を襲撃するのは許されたと言っていた。

だがまだ確実な証拠がない。どんなに言いつくろっても、俺はこの村を領主から略奪するのだ。それは村を守るためにもなる前提で動いているし、村人たちを見捨てるのも気分がよくないからな。

しかし領主が村を見捨てずにちゃんと守る気があるなら、俺としても少し考える必要がある。俺がこの村を統治する理由のひとつがなくなってしまう。

最悪、この村の統治をやめる選択肢も出てくるわけだ。

「イーリは隠れていろ。俺は様子を見てくる」

「どうやって？　姿を見せるとバレるし、その見た目では隠れても無駄」

「姿を変えればいいだけの話だ」

指を鳴らすと俺の体が輝いて縮んでいく。

「コウモリ？」

「そうだ。変身能力というやつだ。すごいだろ」

俺はコウモリに姿を変えて、両手ならぬ翼をバタバタと動かして宙に留《とど》まる。

吸血鬼固有の能力である変身能力は、自分の体をある程度好きに変えることが可能だ。別にコウモリにしかなれないわけではなく、虫や象などにもなれる。

俺は外に出よう、と目の前にある扉を見て……。

「扉を開けてくれ。この姿だと無理だ」

「すごい変身能力」

「うるさい」

イーリがイヤミを言いつつ扉を開いてくれたので、俺は外へと羽ばたいて出る。すると村の広場で徴税官御一行と元村長が言い争っていた。

徴税官御一行は十人。少し上等な衣装を着ている男以外は、全員が鎧《よろい》姿で武装している。対して村人たちも大半が集まって来ていた。

「そ、そんな!? 収穫の八割を税なんて滅茶苦茶です！」

「ええい口答えをするな！ 今年は冷える、各地で不作が予想されるのだ！」

「ただでさえ六割でもまともに暮らしていけないほど、税が多いのに！ 八割なんてどんなに頑張っても春には食料が尽きます！」

「なら木の根でも皮でも食えばいいだろう！」

必死に訴える元村長に対して、徴税官は吐き捨てるように告げる。

収穫の八割の税はヤバすぎる、普通なら五割くらいのはずだ。そんなに税として持って行かれたら、すぐに村の麦が尽きて村人は餓死確定となってしまう。

「勘弁してください！ 前の領主様の時は四割でしたのに！ 代わってからは六割以上でとても暮らしていけないのです！ いまですら限界なのに八割とられたら、村の全員が飢え死にしてしまいます！」

「うるさい！ 黙れ！ 歯向かうなら殺すぞ！ 本当なら来る予定もなかったというのに！」

兵士たちが一斉に腰の鞘《さや》から剣を抜いて、村人を脅すように構えた。

確定だな、領主はこの村を最初から見捨てている。八割の税なんてとったら来年にはこの村は滅んでいる。全員が餓死するか逃げ出すかだ。

もういいか。ここの領主がこの村をいらないというなら、俺がしっかりともらい受けることにしよう。

村人と徴税官の間に入ると本来の姿へと体を戻した。

「なっ⁉　な、なにも……その犬歯、吸血鬼か⁉　バカな⁉　いまは昼だぞ⁉」

突如現れた俺に徴税官が目を見開いて驚き、他の兵士たちは剣を向けてくる。

「俺はこの村の新たな統治者だ。これよりこの村は俺が治める」

「な、なにを言って！　吸血鬼がふざけたことを！」

「こちらはすごく真面目だぞ。血よ、霧となれ」

俺は懐から血の入った小瓶を取り出して、フタを開いて血を垂れ流す。

血は地面に落ちる前に蒸発し、雲のような血霧となって周囲に漂い始めた。血霧は徴税官に向かって流れていき、彼を包み込む。

「な、なんだこれ……っ⁉」

徴税官はバタリと倒れ、気絶していた。血霧を吸って意識を失ったのだ、衰弱こそするが命に別状はない。

「悪いが話し合うつもりはない。さて兵士たちよ、領主に伝えろ。これよりこの地は我が領土となり、お前たちの支配から脱却すると」

「ひ、ひぃ……」

兵士たちはガタガタと震えている。どうやら俺に恐怖して動けないようだ。

本来なら吸血鬼は夜しか動けないし、聖水などの道具がなければ勝ち目のない化け物だ。それが日光の下で平然として、弱点がなければ怯《おび》えるのも無理はない。

兵士はどうにも恐怖で動けないようなので、仕方なく少し距離を取ると血霧を徴税官から俺の背後へと移動させた。

ついでに、霧をドラゴンの顔みたいな形にして遊んでみると、見る見るうちに兵士の顔が青ざめていく。

「早くそこの徴税官を回収して帰れ。さもなくば……」

血霧を今度は剣の形に変え、まるで処刑を示唆するように振り上げると兵士たちは即座に動き出す。

「お、お助けぇ!!」

「殺されるっ！」

彼らは徴税用の台車に徴税官を乗せ、それを引っ張って一目散に逃げ出していった。

これで完全にこの村は領主の手から離れて、俺の物になってしまった。

「りゅ、リュウト様……どうか今後もよろしくお願いいたします……」

「税を八割もとられては生きていけませぬ……どうかお助けください」

「我らをお守りください……」

村人たちは俺に頭を下げてくる。徴税官の態度を見て領主への愛想が尽きたのだろう。

これからは完全に面倒を見なければならないし、責任も生まれてしまったな。

「いいだろう。じゃあさっそくだが村人を全員、この広場に集めてくれ」

「ぜ、ぜんいんこの場におります！」

元村長が必死に叫ぶ。どうやら村人全員がこの騒ぎで集まっていたようだ。

彼らは不安そうに俺を見続けている。咳《せき》払いをしつつ演説を開始することにした。

「だいたい把握しているだろうが徴税官は八割の税を要求してきた。それに対して村長が反対したところ、奴《やつ》らは武力で脅して税を徴収しようとした」

「「「……………」」」

村人たちは暗い顔をしてうつむく。

彼らにとって領主は寄る辺であり、強い者の庇護《ひご》を受けないと生きていけない。だがそのために八割の税を払ったら、今度は食料不足で死んでしまう。

この状況で明るい顔をする方が無理というものだ。

「だが安心しろ。以前に話したようにこの村は俺が守ってやる。徴税官も追い払ってやった。そして最初に俺は宣言する、この村の税は収穫高の三割でよいと」

「さ、三割だって!?」

「そんなの神様だべ！　どんなによい領主様でも四割だべ！」

「し、信じられん……」

村人たちは目を見開いて驚いている。税が収穫高の三割でよいというのは破格すぎるからだ。

普通なら善人の領主でもそうそうない話だ。なにせ領主は嫌がらせで税をとっているわけではない。

国や土地を守るための費用に使うために徴収しているのだ。なので収穫高の四割の税で限界ギリギリ、それ未満となると領地経営に支障が出る。

兵を養うにしても民を労働させるにしても食料と金銭が不可欠で、それは税から賄われているのだ。つまり民のことを思うが故《ゆえ》に、三割以下にするのは避ける。

「この村の防衛は俺がやるからな。軍を率いたりしないでよい分、税を軽くできる。ただし以前にも話した通り、血税……血で税を払ってもらう」

俺がそう告げた瞬間、村人たちはざわざわと騒ぎ始める。すごく怯《おび》えた顔をしている。

きっと彼らの心中はこんな感じだろう。

『や、やっぱりオラたちを吸い殺す気だべ！』とか『吸血鬼に血を吸われたら死んじまう……』もしくは『だが、領主に従っても飢え死にだ……吸われるのが麦か血かの違いだべ！』だろうなぁ。

ここはちゃんと説明しておこう。

「落ち着け。お前たちから血を採るのは、噛《か》むのではなくてこれを使う。血よ、象《かたど》れ」

俺は血魔法である物を念じて形にする。それは現代地球ならば大抵の人が見たことがあり、かつ嫌な思いをしたことがあるトラウマ発生器具。俺の手のひらの上に鋭い針を持った注射器が出現した。

まるで赤いプラスチックのようになった血の注射器を、俺は掲げて村人たちに見せつける。

「これで血を採る。イーリ、ちょっと来てくれ」

「ん」

するとイーリは服のそでをまくって、白い腕を俺に差し出してくる。彼女には前もって注射器のことを説明していたが、呼んだ意図を理解してくれているようでなによりだ。

「初めてだから優しくしてね」

「違う意味に聞こえそうな言葉はやめろ」

俺は彼女の腕に注射の針を刺して、血を吸い上げていく。容器に血が最大まで入ったところで針を抜いて、注射器を村人に見せつける。

「ひとまずはこの血の量を週に一度だ。この血の量がお前たちの払う麦の代わりとなり、容器の大きさは勝手に変わることはない！　難しく考える必要はない。作物の代わりに血を差し出すだけだ！　そうすればこの俺が村を守ってやる」

俺の宣言に対して村人たちはざわつき始めた。

「い、イーリ。大丈夫なのか……？」

「ん」

村長の問いに対してイーリは親指を立てる。

残念ながら俺は医者ではないので、適切な量というものが分からない。そのため採る血の量は今後の村人の体調次第で変えていく。余裕がありそうならもう一本分は採るし、ダメそうなら減らしていくしかない。

なお、採った血は血魔法でスライム状にしておく。衛生状態？　血魔法で凝固させていれば腐らないから大丈夫だ。それに、この血を飲むのは吸血鬼だけなんだから多少腐ってても大丈夫だろ、たぶん。

これからは血を定期的に採ることを考えると、なるべく村人に肉を食べさせた方がよいかもな。今後も俺が狩りに行くか。

「あ、あれくらいの血で税が安くなるなら、いいんじゃないか……？」

「領主に従って飢えに苦しむよりも、血で払えるならその方が……」

村人たちは注射器を見て少し安心している。

やはり採られる血の量が可視化されているのは大きい。

ぶっちゃけると、この世界の徴税は雑だ、耕作する土地の広さで税が決まるがその測り方は歩数である。

つまり徴税官の主観で変わってしまうし、賄賂なども横行しまくっている。それに比べ俺の血税は分かりやすいし、透明性があると言ってよい。血は真っ赤だし、濁っているけど。

この血税システムをうまく広めれば、吸血鬼と人間の共生は可能なはずだ。牛と人間だって被食者と捕食者だけど、一応は一緒に住めているからな。

家畜の関係ではダメだが。共生関係をうまく築き、いずれは吸血鬼を多く村に招き入れて吸血鬼軍とか編成したい。弱点さえつかれなければかなり強そうだ。

「わ、分かりました……血税もお支払いしますので、どうか村をお守りください」

「契約成立だな。ではまずは先日渡したジャガイモをしっかりと育てろ。他にはそうだな、なにか金を稼げそうなことはないか？　貨幣獲得手段がないとな」

税として徴収した作物は迂闊《うかつ》に金に換えられない。

非常用の備蓄も必要だし、村人を労働力として使う時にも使う。つまり他の手段で持続的に金を儲《もう》ける必要がある。俺が強い魔物を討伐して、街で売りさばくのもアリだが……村が大きくなれば回らなくなるだろう。

やはり特産品とか欲しいよな。ジャガイモはどこでも育てられるからダメだ。外で売ったらすぐに他でも広まって売れなくなる。

盗賊から奪った財宝を元手に、この村の特産品を用意したいところだ。

「い、一応なのですが。実はこの村の近くの山に金があるのではと噂《うわさ》されております」

村人のひとりが俺に告げてきた。

「金山？　なんでそんなものが放置されているんだ？」

金山なんてあるなら領主が目の色を変えて開拓するはずだ。それこそ、この村はもっと潤っているに決まっている。

「あの山には強い魔物が多く出没するので、とても人が入れる場所ではないんでさぁ。それにあくまで噂でありまして、この山の下にある川で金が採れたことがあるって、死んだじっさまが言ってました……」

「こらっ！　ほぼ伝説に近い話じゃろうが！　申し訳ありませぬ。信ぴょう性が皆無というか、半分はワシらの願望交じりの噂なのですじゃ……その川も魔物が多くて、とても人が行ける場所ではないのです」

元村長が必死に頭を下げてくる。

「人が行ける場所ではないのに、どうやってそのじっさまは川に行けたんだ？」

「分かりませぬ……この村の長老であるワシが子供の頃の話なので……」

元村長は嘘《うそ》を言っているようには見えない。本当に金山のことについては情報がないのだろう。

しばらくは獣狩りなどをしなければならないので、不確定なことに費やす時間はない。

いずれ時間ができたら捜索してみてもよいかもしれないな。

それよりもまずは金策だ。俺に儲けの案があるので、そちらを実行していくとするか。

そういうわけでさっそく俺は近くの森に出向いた。

普段とは違ってコッソリと村を抜け出てきた。とある理由で今回のことは誰にも知られたくなかったからだ。だが……。

「……なんでついてくるんだ？　というかこっそり抜けてきたのに……」

「よい思いをできそうな気がした」

「……勘がいいなお前」

イーリが気づいて俺にずっとついてくるのだ。本気で走れば振り払うことはわけがないが、魔物の出没する森でそれはできない。

「勘じゃない。私にはこれがある」

後ろを振り向く。イーリが右目の眼帯を外していた。

普段隠れていた彼女の右目は、黄金のように輝いている。濃厚な魔力が漏れ出て周囲に流れ始めた。

「珍しい魔眼だよな」

「えっへん」

魔眼、その名の通りの魔の眼だ。強力なモノなら対象を見るだけで、強力な魔法や呪いをかけられたりする。弱い眼なら光るだけで効力はない。

魔眼によって性能に差がありすぎる？　ほら普通の眼だって個人によって視力全然違うから……。

おそらくイーリの魔眼は強力な代物だ。コッソリ隠れて村を出た俺を追跡できたのも魔眼の力なのだろう。

「眼帯している理由は村人に隠すためか？」

「違う。目が乾く」

「随分とさっぱりした理由だな」

「それよりもどこに行くの？」

イーリは右目に眼帯を付け直しつつ聞いてくる。チッ、このまま何事もなく村に帰すのは無理そうだ。

仕方ないか。できれば知られたくはなかったのだが……。

「イーリ。これからのことは村人には黙っておいてくれよ」

「人を黙らせる。それには対価が必要」

「…………美味しい物やるから」

「交渉成立」

思わずため息をついてしまう。やはり余計なの連れてきてしまった……！

次からはバレないように村を抜け出よう。今回はイーリが魔眼の性能を見誤っただけだ、やりようはある。

「その前に獲物を狩ってからだ。全力で走るからついて……これないよな」

「無理」

イーリは無表情で告げてくる。吸血鬼である俺が全力で走れば、人の身で追いつくことは不可能だ。なら仕方ない。

「抱いてもいいか？」

「仕方ない、覚悟はしていた」

「待て服を脱ぐな、そういう意味じゃない！」

イーリが自分の服に手をかけて脱ぎ始めようとするのを急いで制止する。

「抱きかかえていいかって意味だ！」

「紛らわしい。心得た」

「言うほど紛らわしいか……？　全力で走ったらついてこれないって会話の流れなら分からないか……？」

ブツブツと言いながらイーリを抱きかかえる。うっわ軽い、子供と考えてもなお軽い。

「しがみついておけよ。じゃあ行くぞ」

「行け、我が愛馬リュウト」

「誰が馬だ、誰が」

イーリが落ちないようにスピードを抑えつつ走る。森の木々が高速で過ぎ去っていき、あっという間に目的のそばまで躍り出る！

「ブオオオオォォォォォ!?」

森の中を四つ足でノシノシ歩いていた大柄のクマが、俺の突然の登場に悲鳴をあげる。

悪いな、お前は今日の村のお肉と交渉の道具だ！

吸血鬼は獣とも会話できるがここはあえてしない！　話したら狩りづらくなるからな!?

懐から血の入った小瓶を取り出して、フタを外して地面に血を落とす。

「血よ、奔《はし》れ」

血は宙に浮いて弾丸の形となってクマの心臓へと勢いよく襲い掛かる。

「ブオオオオォォォォォォォ！？！？！？！」

血の弾丸はクマの心臓部分を貫いた。

クマはたまらず倒れ伏して、ビクンビクンと震えると動かなくなった。

あ、これよく見るとクマじゃなくて魔物だ。頭に小さな角生えてるし。

懐から日記を取り出して、記載がないかペラペラとめくる。

（あった、なになにハザードベアか）

かなり優れた冒険者パーティじゃないと倒せない、人間にとっては超強力な魔物。出没が発見された時点で、近くの村から住民たちが逃げて大規模な討伐隊が組まれるらしい。

ちなみに、冒険者の『優れた』基準は人として天才レベルの強さを持つそうだ。

「エグイ。というか素手でやらないの？　吸血鬼なら噛むべきでは？」

「これなら血抜きもできるからな。というか逆に聞くんだが、誰かが口をつけて食べたあとの肉を食いたいか……？」

俺なら御免だ。吸血鬼が吸ったあとの肉なんて、食べさしの肉を渡されるようなものだ。

「吸血鬼のくせに細かい」

「別にいいだろ。さてじゃあこのクマを持ってっと。ついてこい、少し歩くぞ」

俺はクマを右肩に担ぐ。全長二メートルはあるので普通の人間ならば無理な重さだが、吸血鬼である俺ならば余裕だ。

「抱っこ」

「いやクマ担いでるから片手ふさがってるんだけど……」

「左があいている」

「クマの死体を隣にして担がれたいか……？」

「やっぱりいい」

こうして俺たちは本当の目的に向けて歩き出す。そうして三十分ほど経った頃、探していた場所に到着した。

そこはなんの変哲もない木が生えているだけ。森ならば見飽きた光景だ、ただしひとつだけ違うところがある。

「蜂の巣」

「そうだ。これが俺の目的だ」

大きなミツバチの巣が、木の枝にぶら下がっている。

ミツバチの巣に近づくと、蜂たちが一斉に出てきて俺の体にまとわりついてきた。

「ぶーんぶーん」

「どうも！　蜜を採りに来たぞ！　それと害獣除けの血も代えに来た！　あ、これ念のためにクマを間引いておいたぞ！」

吸血鬼は動物と会話できる。つまり蜂とも会話ができるのだ。

俺はこのミツバチの巣と契約を結んでいる。脅威から守る代わりに定期的に蜜を提供してもらう、と。つまり彼らはお客様なのだ。

蜂たちは羽音で俺に対して語り掛けてくる。

「ぶーんぶーん」

「いやいや、俺も蜜が欲しいからな。脅威の芽を摘んでおくのは契約のうちだ」

「ぶーんぶーん」

蜂の一部が俺から離れて、巣の少し右の木の枝に移動する。そこには新しい巣が作成さ

れていた。

「おお、俺に蜜を渡す用の巣か。助かる！　次からはここから採ればいいと？」

「ぶーんぶーん」

「ハチの巣ごと持って行っていいだと？　これは助かる」

蜂たちは丸の文字を描いて飛んでいる。俺と蜂たちは共生関係なのだ。甘い物が死ぬほど欲しい俺と、守ってほしい蜂たちのＷＩＮＷＩＮの関係だ。

俺は木のそばに置いたコップを確認して、入っていた血を地面に捨てる。そして指先を爪で切って新しい血を垂れ流した。

コップに少し血が溜《た》まると再び木の近くに置く。こうすれば魔物や獣は俺に恐れて、ハチの巣には近づいてこられない。

「すごく律義」

「あ、もし万が一に獣とか襲ってきたらすぐに俺に知らせてくれ。速やかに撃退する」

「アフターケアも完璧すぎる」

蜂たちは８の字を描いて俺に感謝の意を示してきた。

「どうだイーリ！　吸血鬼の力をもってすれば安定的にハチミツが手に入るんだぞ！　甘いハチミツがいっぱい食べられる！　ぶっちゃけ血よりも美味しいまであるぞ！　このハチミツを楽しみに生きているまである！」

この世界での甘味はものすごく貴重だ。ハチミツも当然高級品なので、この能力は本当に助かるのだ！　俺がこの世界で正気を保てている理由の何割かは、ハチミツの甘さだ！

やっぱり甘い物なのだ！　ストレスとかいろいろな不安ごとを解消してくれる！

イーリはそんな俺を無表情で見てきたあとに。

「吸血鬼じゃなくて吸蜜鬼では？」

「…………」

イーリの蜂のように刺す指摘に、俺は蝶のように華麗に反論できなかった。

「……ハチミツ食べる？」

「食べる」

俺たちはハチミツを舐《な》めつつ、革袋に蜜を巣ごと詰めてこっそりと隠して村へと帰るのだった。独占は許してほしい、売ることを考えると村に配る量はないから。お土産にクマの肉があるから。

いや本当に許してくれ。ハチミツくらいは独占させて……俺も美味しい物食べたいから……。

そうして村に帰ってクマを広場で振る舞おうとすると。

「こ、これハザードベアだべ!?　強い冒険者が束になってようやく討伐できる怪物だぁ！す、すげぇ……！」

「こんなの近くにいたのか⁉　もし村に下りて来てたら……」

「血抜きは完璧、甘い中抜きも万全。卸業の特権」

「イーリ、余計なこと言うな」

そういやあのクマ強いって日記に記載されてたな。瞬殺したから盗賊と強さの差が分からなかったけど。

そうして俺がハチミツを採ってから四日後、厄介な者が村に訪れてくるのだった。

第6章

吸血鬼、吸血鬼狩りと出会う

「うーむ。そろそろ塩などが不足してきてるのか、誰か街に買い出しに行かせないとダメか」

俺は自宅で椅子に座って夕食をとりながら、村の不足物資などを考えていた。

領主が元々重税を課していたせいで村人は栄養不足だ。このままではあまり多くの血を採ると倒れてしまうし、健康的にもよろしくない。

解消するにはやはり栄養のある食生活が必須だ。特に塩だ、不足気味なので安定的な調達手段の確立が急務だ。塩がなければ人間どころか、ほぼすべての動物は生きていけないのだから。あ、吸血鬼は生きられるぞ。

俺が森で獣を狩って村人に配ったりしているが、味付けにも塩がないとダメだしな。それに保存にも塩は役立つ。

「ところでなにを食べてるの?」

イーリが俺の持っている木の皿を覗《のぞ》いて怪訝《けげん》な顔をする。皿の中には真っ赤な弾力性のある液体が入っている。

「血を凝固させたものだ。血のゼリーみたいな」

「ゼリーはよく分からないけど美味しい?」

「生ぬるい。やはりこういうのはキンキンに冷やして食べたいな……」

木のスプーンで血ゼリーをすくって口に入れる。

気分としてはアセロラゼリーみたいな感じだ。美味しくはあるのだが……やはり冷たい方が絶対によい。

「ここから北に寒い地方があるから行くべき。冷やせる」

「違うな。寒い場所で冷たい物を食べたいんじゃない。暖かい場所で冷たいものを食べたいんだ」

具体的に言うと、こたつに入ってアイスクリーム食べたい。ああ、地球の食生活が懐《なつ》かしい……いま思うとすごく恵まれてたんだな。飽食の時代とはよく言ったものだ。

夏の暑い時期に飲むキンキンに冷えた麦茶が懐かしい……。それにこの血ゼリーに砂糖とか入れたら美味しいだろうなぁ。

可能であればもう少し糖分多めにとっている人間の血も欲しい。血糖値高い人の血の方が甘いだろうし。

「ごめんなさい。リュウトが行くべきは北じゃなかった」

「気にするな。俺も贅沢《ぜいたく》を言っているのは分かっている」

「医者に行くべき」

「お前は自分の言動を少し気にしろ……む？　外が騒がしいな。なにかあったか？　もうじきに日が暮れるというのに」

「さあ」

イーリも分からないようなのでゼリーを食べ切って家から出る。すると村の入り口辺りで元村長と誰かが言い争っていた。

綺麗《きれい》な金髪のポニーテール、銀のプレートアーマーを纏《まと》った少女だ。腰には帯剣していて明らかに村人ではない。いや銀の鎧《よろい》を着る者の正体はひとつしかない。

普通は鎧と言えば鉄だ。銀は鉄よりも高価な上に強度は劣るので、わざわざ銀鎧を選ぶ理由はほとんどない。

だが、とあることを生業《なりわい》にしている者に関しては、銀の鎧は鉄よりも優れている。銀が弱点となる怪物を退治する職業、吸血鬼狩りだ。

吸血鬼は銀に弱く、触れてしまうと肌が溶けてただれる。そのため銀鎧を纏っているだけで強力な防御となる。鉄すら砕ける吸血鬼だが、弱点である銀を砕くのは難しい。

(俺ならあの少女と戦っても勝てるとは思うが、ここは隠れて少し様子を窺《うかが》うか)

自宅の陰に隠れて話を聞くことにした。吸血鬼の聴力は、少し離れた場所でも余裕で聞こえる。

「ここの村に吸血鬼が来たのは分かっているわ！　私が討伐しに来たからには任せなさい！」

「え、えーと……」

「吸血鬼に脅されているのね！　でも大丈夫よ！　私はいままで何人も吸血鬼を討伐して

きたの！　この村も絶対に守ってみせる！　あいつの能力はすでに知っているわ！」

チラリと物陰から顔を出して覗くと、少女は真剣な表情で豪語している。

なるほど、以前に俺を見ていたカラスの主か。視覚を共有するなりで俺が盗賊を倒すところを高みの見物していたと。村人はそんな少女にとまどっている。

（状況はなんとなく分かった。ならもういいか）

もう十分だと判断して建物の陰から出て、少女の前へと歩いていく。

「出たわね、吸血鬼！　この村の人を解放しなさい！」

少女は俺に気づくやいなや、腰の剣を抜いて俺に向けてくる。ご丁寧に剣の刀身まで銀で造られていて、さらに少女自身から白い光が発生しだした。

聖魔法だ。人間のみが扱う魔法にして、対吸血鬼における特攻魔法。聖水よりも遥《はる》かに強力な浄化力を持ち、洗剤のごとく闇の者を払い落とす。俺はこっそり洗剤魔法と呼んでいたりする。

「落ち着け。俺は村の者に危害を加えてはいない」

「見え透いた嘘《うそ》を！　吸血鬼が人の血を吸わないわけがない！　村に被害が出る前に討伐する！」

少女は問答無用とばかりに俺に対して襲い掛かってきた。

「聖なる陽よ！　闇を祓《はら》え！」

まばゆいばかりに輝いた銀剣を振りかぶり、俺に対して斬《き》りかかってきた。だが動きはかなり遅い。

……この程度なら防ぐまでもないな。俺は少女の剣に対してなんの抵抗もせず、ただ体の筋肉を少し強張《こわば》らせた。銀剣は肩の肉に食い込みもせずに止まる。

「……なっ!? なんで塵《ちり》にならないの!? 聖魔法を乗せた銀剣で斬ったのよ!?」

少女は狼狽《ろうばい》して隙だらけだ。確かに彼女の言う通り、この剣に込められた聖なる力は相当なものだ。並みどころかかなり高位の吸血鬼でも、この一撃を食らえばただでは済まない。

まさに闇殺しに相応《ふさわ》しく、この少女が若くして優秀な吸血鬼狩りだと分かる。だが俺には無意味だ。魂が人間のため、闇属性じゃないから聖属性の効果はない。

「悪いな、俺に聖魔法は効果がない」

「っ……! まさか特級の吸血鬼……!? いやそれでも銀の聖剣から発した聖魔法を受け切るなんて……! な、ならこれでっ！」

少女は俺から少し距離を取ると、銀剣を地面に突き刺して詠唱を始めた。

「陽よ、力をお貸しください。陽よ、闇を打ち祓いください。我が眼前に立ちふさがる悪《あ》しき闇に、その清き御力にて浄化をおくだしください……」

……ものすごく隙だらけすぎる。俺がもし攻撃したらどうするつもりなんだろうか。反

撃を受けない前提での攻撃としか思えない。いまも詠唱し続けているし。

「ここに！　聖なる御力を！　陽よ、満たせ！」

彼女の詠唱に応えるように空から強烈な光が、まるでレーザーのように降り注ぐ。眩《まぶ》しい光だ、これは太陽の光を濃縮したようなものだな。おそらく、どんな吸血鬼でもこれを受ければ耐えられないほどの強力な聖魔法だ。

「はぁ……はぁ……！　聖特級魔法よ！　これなら……！」

少女は息を切らせながら勝ち誇った笑みを浮かべる。確かに強烈な光だ、まるで南国の太陽の光。

待てよ？　それならちょっとやりたいことがあるな。

「この光はあとどれくらい持つんだ？」

「あなたが消滅するまでよ！　吸血鬼！」

長時間持つってことらしいので、両手を広げて日光浴のポーズをとる。

「なっ、なっ、なにを!?」

俺がいきなり謎ポーズになったからか、少女は焦《あせ》りながら俺を指さしてきた。

「いやせっかくなので顔の肌を焼こうかなと。不健康な肌の色だから気になってて」

「……は？」

「この光って太陽だろ？　ならこう、日焼けマシンみたいな。本当なら上半身裸になりたいところだが」

　さすがに衆目の前で服を脱ぐのは気が引けるからな。

　しばらく日光浴を楽しんでいたところ、五分くらいで光は消えてしまった。

　少女は地面にへたりこんで、俺をぼうぜんと見ながら、一筋の涙を流していた。なんか少し罪悪感。

「そんな……この魔法が通用しない……。私が吸血鬼に負けて……？　……みんな逃げて！　私がこいつを抑えるから、その隙に早く！」

　銀剣を杖《つえ》代わりにしてなんとか立ち上がる少女。どうやら自分を犠牲にして村人を逃がすつもりらしい。だが逃げる者は誰もいない。

「聖極級魔法を使うしか……！　聖なる陽よ！　我が命を糧《かて》として、大いなる闇を祓え！　神の微笑をわずかに極点に降らせ！　生命を秘守する神秘をここにもたらしたまえ！」

　吸血鬼狩りの少女は銀剣を掲げて、物騒な言葉を紡ぐ。彼女の体から先ほどよりもさらに強力な聖魔法が発生し始めるが……。

「闇滅の命陽光《イレイズ・レイズ・フレア》……！」

「おっと、もうそろそろやめておけ」

　俺は少女に近づいてその顔に寸止めで拳をいれる。拳圧によってすさまじい突風が吹き荒れて、少女はふらりと倒れて気絶した。

「や、やっぱり吸血鬼様が勝ったか……」

「なんとなくそんな気はしてたべ。しかし触れずに人を気絶させるなんてめちゃくちゃだべ……」

村人たちは口々に声をあげる。

さてこれどうするかな……起きたらまた面倒だなぁ。

俺は懐から日記を取り出して、対吸血鬼狩りのページを確認しつつため息をつく。

「ねえ、以前から見てるけどその日記はなに？」

イーリが興味深そうに俺の持っている日記を見ている。

「これは俺の体の元の持ち主。俺の魂を召喚した吸血鬼の日記でありメモ集かな。人間と吸血鬼が共生するにあたって、彼が懸念した事項を記載している。参考になることもあるから確認してるんだ」

「吸血鬼なのに小まめ」

「そうだな。わずかな間しか話せなかったけどあいつは……シェザードは真剣な奴《やつ》だったよ」

シェザードのことを思い出しながら、吸血鬼狩りの少女を観察する。

……俺は吸血鬼と人の共生には、とあることが必要不可欠だと思っている。それに少女を使えるかもしれない。

この自らを投げ捨ててまで村人、いや人を守ろうとする少女ならば……。

「うっ……」

少しして気絶していた少女はうめき声をあげながら目を開いた。

まだ完全に目覚め切っていないのか、地面から上半身を起こして周囲を見回したあと。

俺と視線が合うと即座に立ちあがった。

「きゅ、吸血鬼！　覚悟しなさい！　私の剣……あれ、剣……」

少女は腰の鞘《さや》から剣を引き抜こうとするが、差さってないことに気づく。当然だ、だって俺がその銀剣を手にしているのだから。

「な、なんで吸血鬼が銀剣を持ってるのよ！　あなた何者なのよ!?」

手持ちぶさたで叫んでくる吸血鬼狩りの少女。何者なのか、か。

「少しばかりズレた吸血鬼だ。それよりお前は俺を討伐しにここに来たのでいいか？　ついでに名前も教えろ。俺はリュウト・サトウだ」

「……アリエス。無辜《むこ》の人たちを救うために来たの！」

正義感に溢《あふ》れる娘だなぁ、それにわざわざ名乗り返すのは好感が持てる。

俺は吸血鬼狩りが嫌いだ。話が通じないので有名なのもあるが、その母体である吸血鬼狩りギルドがかなり銭ゲバで酷《ひど》すぎる。

だがこの少女自体はそこまで嫌いではない。自分の身を犠牲にしてでも人を守ろうとするところはすごい。

「そうか、ならちょうどいいな。アリエス、お前はしばらくこの村に滞在しないか？　別に俺を殺そうと襲ってきてもかまわない」

「…………は？」

大きく口をあけて驚くアリエス。

俺も彼女の立場ならこんな感じで驚くだろうな。

だが村には必要なのだ。この少女が、いやまともな吸血鬼狩りが。

「な、なんで吸血鬼が吸血鬼狩りに村に残れって……」

「俺はこの村を統治している。そこに吸血鬼が治める村だからと、変な吸血鬼狩りに来られたら面倒だ。お前がこの村に滞在して俺の討伐を狙うとなれば、他の吸血鬼狩りはやって来ないだろ？」

アリエスは凄腕の吸血鬼狩りなのは間違いない。とてもそうには見えないが……聖の最上位である極級魔法を扱える者などそうそういてたまるか。

そんな彼女の獲物に横入りしてくる奴もなかなかいないだろう。なにせ吸血鬼狩りの大半は銭ゲバだからな、わざわざ獲物を奪い合ってタダ働きなんてしない。

酷《ひど》い奴なら吸血鬼を狩るために、人を殺してその血の匂いでおびき寄せる奴までいるのだから。それに比べればアリエスはかなりまともと言えるだろう。

「ちなみにこの村は領主に見捨てられた。それを俺が代わりに守っている。お前も俺が盗賊を討伐したのは見ただろう？　下手に俺が出て行ったら守り手がいなくなってこの村は滅ぶぞ」

「くっ……！　私が吸血鬼狩りギルドに応援を求めたらどうするつもりよ！」

「それならそれでいい。面倒だが全員まとめて相手をしてやる」

吸血鬼狩りは基本的に吸血鬼に相性のよい装備や戦い方だ。例えばアリエスの銀装備はその典型例で吸血鬼には強い、だが銀は柔らかいので他の魔物には弱いのだ。

そして俺には吸血鬼特攻の攻撃は通用しない。つまり俺は吸血鬼狩りに対して相性がよいということだ。いわば吸血鬼狩り狩り……そもそも通常攻撃も効かないので、吸血鬼狩りじゃなくても相性よいけど。

「ほら銀剣は返してやる。どうする？　村に残るか、それとも帰るか。俺はどちらでも構わない」

俺が銀剣を放り投げるとアリエスは身を引いて回避し、カランと音をたてて地面に倒れたそれを拾った。そこは華麗に空中キャッチするところでは……？

アリエスは少し悩んだ様子を見せたあとに睨《にら》んできた。

「ふん！　私はこの村に残る。でもそれは貴方に言われたからじゃない！　村の人を吸血鬼から守るためよ！　いまに見てなさい、すぐに化けの皮を剝《は》がしてやる！」

「別になんでもいいが、吸血鬼狩りギルドにこの件は伝えてくれよ。話の分からない奴が来たら面倒だからな」

「分かってるわよ！　ところでそこの人、村に空き家はあるかしら！」

少女はイーリに向かって告げてくる。いきなりタカってきたぞこの女。

「私の家が空いているから貸す」

「助かります。ありがとう」

「家賃は日に金貨一枚」

「!?」

「ぼったくりをするな。使ってないのだからまともな価格で貸してやれ」

「仕方ない。家はこっち」

イーリが自宅へと歩いていき、アリエスはそれについていこうとする。その時に俺とすれ違いでまた睨んできた。

「吸血鬼が人間と共生できるわけないわ。被食者と捕食者は絶対に相容《あいい》れない。隙を見て貴方を殺してやる。貴方がかなり高位な吸血鬼だろうと、昼間なら弱ってまともに戦えないはずよ」

「勝手にしろ。殺せるものならな」

暗殺者が村に住み着くという奇妙な村になってしまうが、他の吸血鬼狩りが来るよりはマシだろう。以前にシェザードから聞いた話だが、ガチの吸血鬼狩りは相当ヤバイらしいからな……村くらい平気で焼き払うとか。

「村に面倒なのを入れた。なにが狙い？」

こちらに戻ってきたイーリが話しかけてきた。アリエスを案内し終えたようだ。

「狙いはさっき言っただろ？」

「それだけとは思えない」

この少女、案外鋭いな……うわ、なんか無表情でずっと見てくるんだけど。誤魔化せるか……？

「じーーーーーー」

俺の両目をジッと見てくる……こりゃ無理そうだ、仕方ない。

「……分かったよ。俺がアリエスを迎え入れる一番の理由は、他の吸血鬼狩りの来訪を防ぐためではない」

「じゃあなに？」

「いずれこの村に吸血鬼がやって来た時、人間側の味方となって吸血鬼への対応ができる者が欲しいからだ」

考えてほしい。常に吸血鬼という被食者に囲まれて、捕食者の人間が安心して暮らすのは難しいだろう。

いつ襲われて吸血されるか分からない恐怖がある。

だが精神的支柱となり、かつ必ず人の味方になってくれる者。つまり吸血鬼狩りがいてくれれば、また話は変わってくるはずだ。

アリエスにはそういう意味でも期待したいと思っている。

「意外と真面目に考えてる」

「失礼な。俺はいつだって真面目だよ。人と吸血鬼の共生だぞ？　ちょっと失敗しただけで全部が終わりかねない」

村人が吸血鬼に対して心の壁を作ってしまったら、もう取り戻すのは難しい。

例えばいまのこの村で吸血鬼が村人を殺したら、もう二度とこの村では吸血鬼は信用されないと断言できる。

積み上げたドミノは、ひとつ倒れたら全て崩れるように。

だから俺は慎重にやらなければならない。

他にもアリエスと頻繁に戦えるならば、と期待していることがあるが。そちらは希望的観測なので言わないでおく。

とにかくまずは村を安定させるのが先決だ。アリエスの存在もその一助になるはず。そしてそのあとに吸血鬼を呼び寄せたい。呼ぶための手段は考えられてないが。

「そっか」

イーリは無表情で俺をジッと見てきたあと。

「がんばれ」

そう告げてくるのだった。


領主屋敷。

そこの執務室では小太りの男が報告を受けて激高《げきこう》していた。

彼は執務用の椅子に座りながら報告を聞いていたが、怒りのあまり立ち上がった。

「シナナ村が徴税を拒否して、吸血鬼を村の長《おさ》に迎え入れただと!?」

「はっ……！　徴税官本人からの報告なので間違いないかと！」

「そんなバカな話があるか！　吸血鬼は人を襲いこそすれ統治などせぬはずなのに！　この地の領主たる私の、イースト・ウエスト男爵の土地をかすめ取ろうとは！」

机を右手で勢いよく叩《たた》きつける領主。

シナナ村はリュウトがもらい受けた村の名前である。

報告役の兵士は領主の怒りに対して敬礼をしながら口を開いた。

「しかしお言葉ですが、報告によると吸血鬼であることはほぼ間違いないと！　なんと村全体を覆うほどのおぞましい赤血の霧を作り出して、徴税官を気絶させたのだと！　ここは吸血鬼狩りギルドに依頼をして……」

報告した徴税官は嘘をついていた。小さな雲みたいな血の霧に包まれて気絶しました、とは言えなかったので話と霧の量を少しだけ盛った。

「ならん！　ワシは吸血鬼狩りギルドに寄付をしていない！　これで救援なんぞ要請したらどれほど多額の金を要求されるか！」

領主は吸血鬼狩りギルドへの普段の寄付金をケチっていた。吸血鬼狩りギルドは寄付金を払わない領地に対してはすさまじく厳しい。

支払わない他の領地への見せしめの意味もかねて、おぞましい金額を要求する可能性は高かった。

「そもそも吸血鬼ごとき、普通の兵士でも討伐可能だ！」

「し、しかしその吸血鬼は五十人の盗賊を倒したとの話も！　ほら領地の境で暴れていた！　あの者らは腕が優れていたはず……」

「むぅ。ならば千の兵を揃《そろ》えよ！　その人数であれば勝てるはずだ！　出費はかかるが吸血鬼狩りギルドに払うよりはよほど安く済む！　土地を奪われて黙っていては、領主として面目が立たんわ！」

「は、ははっ！　では村の者の救援のために兵を……！」

「愚か者！　村はすべて焼き払え！　吸血鬼が統治した村の民は、吸血鬼になっている恐れがある！　恐ろしくて我が領地に置いておけぬわ！　すべて吸血鬼が殺したことにして、兵士に殺させろ！」

現領主は親から爵位を継いだ。特別愚鈍なわけではないが、頭がよいわけではない。

ウエスト領はそこまで大きな土地ではない。そして今年は寒い、なのに領地に負担のかかる千人もの兵士の動員。

領主としての経験不足などもあいまって、それらがどのような意味をもたらすかを事前に気づけなかった。

というよりも兵糧や金銭が不足していて、半分の五百人しか集められなかった。だが部下が黙っていたので、領主はずっと千人の軍を派遣したと勘違いし続けることになる。

アリエスが来てから三日が経《た》った。俺は彼女に辟易《へきえき》している。

「このっ！」

「ほい」

「きゃあっ!?」

太陽が真上に昇るころ。畑の様子を見ていると、アリエスが剣を持って飛び掛かって来た。それを軽く回避して足を引っかける。彼女は見事にずっこけて地面に尻もちをついた。

「くっ……なんで昼なのに弱らないのよ！　もっとも吸血鬼が弱る時間帯のはずなのに！　弱い吸血鬼なら日光を浴びたら死ぬし、高位の吸血鬼でも弱体化は免《まぬか》れないはずなのに！」

「だからムダだって。昼でも俺は弱らない」

「あり得ないわ！　おかしいわよ！　覚えてなさいよ！　次こそ殺してやる！」

立ち上がると勢いよく逃げて行くアリエス。なお、次はたぶん一時間から二時間でやって来る。

彼女はこの三日間、時間も場所も関係なしに俺に襲撃してくる。確かに襲っても構わないとは言ったが、まさかここまでの頻度でやって来るとは……。

呆《あき》れながら引っこ抜いた大木を持ち上げて、畑の横に置いて長さを比べる。

「この畑の長さは縦横とも四本分か」

村の畑の測量、ようは検地を行っていた。と言っても測れる尺などがないので、ひとまず抜いてきた木で大雑把に測っている。

早めにメジャーとか大きな定規を用意したいな。太閤《たいこう》検地みたいに正確に測りたい。

「これ覚えられるの？　私はすでに忘れた」

イーリが無表情のまま首をかしげてくる。測定結果を覚えていられるのか、ということだろう。

「大丈夫だ、この記憶は俺の血に記憶されてるからな。お、ちょうど井戸があるか」

備え付けられたバケツで井戸の水をすくう。俺は自分の指を噛《か》むと、満杯になった水に血を一滴垂らした。

すると血が水に染《し》みわたって、映像のように俺を映し出した。

『この畑の長さは縦横とも四本分か』

しかも水から声まで発声して、イーリはバケツの水を覗き続ける。

「これはなに？」

「血には記憶が宿る。ゆえにそれを映像化しているんだ。便利だろ？」

「確かに」

ようは記憶を映像化する魔法だ。まともに覚えていないことでも、この魔法を使えば簡単に思い出せる。いずれはこの魔法で、地球で得た知識を思い出していきたい。

例えば学校で居眠りしながら聞いていた授業とか……生物科目とかならたぶん役立つ情報もあるだろう。あとはテレビ番組とかだろうか。

いや待て。いっそ映画をこれで上映して金をとるという手段が……！　いやでも著作権……異世界ならセーフか？

「あのー……畑は歩数で測らないのでしょうか？」

脳内で暴走していると、畑の所有者である村人の男がオドオドしながら話しかけてきた。

おっとこの魔法のことはまたあとで考えよう。

吸血鬼である俺にまだ怯《おび》えているようだが仕方ない。俺だっていつでも自分を殺せる相手に対して、平常心で話すのはなかなか難しい。

「歩数だと歩く者の歩幅、言い換えれば気分次第で大きく変わるからな。長さの変わらない木の方が少しはマシだろう、同じものを使う前提だが」

「な、なるほど。確かに以前に徴税官が測っていた時も、露骨に賄賂を要求してきまして……払わなかったらすごく小股で歩かれました」

やはり賄賂が横行してたか。歩幅なんていくらでも誤魔化せるからな。

測り直して歩数が増えたとしてもなんとでも言い訳できてしまう。例えば足がほんの少し短かったとか、意識せずに少し短くなってしまったようだとかで……。

「今回の検地は暫定だ。また改めて正確に測るから、税が減ったり増えたりするかもしれない」

「わ、分かりました。ところで畑のイモを植えた場所から芽が生えてきております」

「おお！　よくやってくれた！　引き続き頼むぞ！」

「は、はい！」

言い残して他の畑の検地も進めていく。

すべての畑を見終えたが、やはりこの村では麦しか育てていないようだ。麦が悪い食べ物とは言わないが、高く売れないし不作に強いとかでもない。やはりジャガイモや他の作物を育てさせるのも考えないと。

リンゴの種とか植えたいが……あれは育つのに時間がかかるからなぁ。時間魔法を使える者でもいればなぁ……！　俺を召喚したシェザード、ようはこの体も元々は使えたんだが俺は無理だ。

俺を召喚したのも時間魔法と、召喚魔法の合わせ技らしいし。シェザード曰《いわ》く世界と地球は時間軸とか違うので、時間魔法を使わないと召喚できない。

「イーリ。村の代表者たちを俺の家に集めてくれ。これから集会を行う」

「心得た」

こうして俺の家に元村長や鍛冶《かじ》師など総勢十人が集まった。それに俺とイーリを足しての話し合いが始まる。机などはないので全員が床に座っての会議となる。狭い。

「今日は第一回、村の会議を行う。まずはこの村の新たな名前を決めたい」

「ここはシナナ村ですが、名前を変えるのですか？」

元村長の言葉にうなずく。村の名前は初めて聞いたな。

名前をいままで知らなかった理由は簡単で、『この村』だけで通じたから。住所とか書く必要がないからな……。

「統治者が俺に変わったのを示すためにがな。候補としてはドラクル村……」

「吸血鬼、覚悟しなさい！　今度こそ殺してやる！」

アリエスがいきなり扉を開いて中に入ってきた。そして室内にもかかわらず、剣を振りかぶって俺に襲い掛かって来る……はあ。

俺は銀剣を摑《つか》んで受け止めて彼女の手から引き剝《は》がした。

「あっ……!?」

「おい。確かに襲ってよいとは言ったがな、ここまで時も場所も選ばないのはさすがに困る。俺はこの村の長だ、お前と違って時間は貴重なんだぞ」

「わ、私だって時間は貴重よ！　貴方を殺したらすぐに村を去って、また他の吸血鬼から無辜の人を守らないと！」

アリエスは涙目になりながら俺に叫ぶ。

なんというか……すごく必死で本気なことは伝わってくる。吸血鬼から人間を守りたいのは本音なのだろう。吸血鬼はだいたい人を襲うので、彼女の言うことも間違ってはいない。

でも俺は別に襲っていないので、できれば個人ならぬ個吸血鬼で見てほしい。いつか見てくれることに期待しよう。

「いつでもどこでも襲われたらさすがに面倒だからルールを決めたい」

「ルール？」

アリエスは訝《いぶか》し気に俺を睨んでくる。

「太陽が真上に昇る頃、つまり吸血鬼が一番弱体化するはずの時間。毎日その時に村の広場で相手をしてやる。だからこれからは不意打ちするな。常に仕事の邪魔をされたら困るんだよ」

「じゃ、邪魔って……吸血鬼を襲ってなにが悪いのよ！」

「じゃあそれをいまここにいる面子《メンツ》全員に言え。貴重な時間を使って集まってくれてるんだぞ」

俺は会合に集まった元村長たちに視線を向ける。彼らは少し愛想笑いをアリエスに向けたあとに。

「そ、そのー……できればワシらが仕事している時は……」

「村長の時間が減ると、村の運営にも支障がでますし……」

「会合の邪魔。吸血鬼よりもよほど迷惑」

参加者たちが口々に呟《つぶや》く。なお最後の切れ味抜群の悪口はイーリである。

「ご、ごめんなさい……」

アリエスはその言葉を受けてポロポロと泣き始めたあと。

「お、覚えてなさい！　必ず討伐してやるんだからっ！　明日の昼から毎日襲うから逃げないでよ！」

捨て台詞《ぜりふ》を残して家から出ていってしまった。少しやりすぎた気もするが……あのまま放置してても面倒だから仕方ないか。

「では村の名前だが……」

改めて会合を続けるのだった。


会合が終わった翌日の朝。

村人の代表者たちが広場に集まっていた。彼らは朝日に照らされながら、朝の挨拶のフリでもするように小声で話している。

「な、なあ……あの吸血鬼、もしかしていい人なんじゃ……」

「……実は俺もそう思い始めてるんだ。なんというかこう、指示に信頼ができるよな」

「税の決め方も土地も、なんか具体的だもんな」

「領主様よりもよっぽどいいよな……」

村人たちのリュウトへの視線は変わりつつあった。

リュウトが来てからしばらく経つが、未《いま》だに人を襲うことがない。その上に税の取り立ては少ない上に、その決め方も不公平を排すやり方だ。血の採り方に関しても同様。リュウトが丁寧に慎重にやってきたことは、決して無駄ではなかった。村人とともに汗を流し、優しく接していたからこその結実。

村人の評価が跳ね上がっている。吸血鬼であるというマイナスを、その行動でプラスまで引き上げた。

「……実は私の娘が吸血鬼様に酷いことをしたんだ。だがあのお方は寛大に許していただけた」

メルの父親が重い口を開いた。彼はいままで村人にメルの一件を告げていなかったのだ。

「酷いってどんなことを？」

「…………銀のフォークで吸血鬼様の背中を刺した」

その言葉を聞いた瞬間、村人たちは血相を変えた。

「な、な、なんてことを!?　そんなの村人を皆殺しにされてもおかしくなかったじゃないか!?」

「そういえば、背中に銀のフォークが刺さってるのを見たことが……なぜ言わなかった!?」

「すまない……とても言えなかったんだ……！」

必死に頭を下げるメルの父親。彼からすれば当然だろう。このことを話せばメルを吸血鬼の怒りを静めるための生贄《いけにえ》に、という発想が容易に想像つく。

「い、いまからでもこいつとメルを、吸血鬼に差し出せば……！」

一部の過激な村人の声を、元村長が杖で制した。

「落ち着け。ワシはあの吸血鬼をしばらく見てきた。とても生贄を望むとは思えぬのじゃ……」

元村長はリュウトのことをもっとも近くで見ている。だからこそリュウトを理解してきていた。

「な、ならなにが望みなんだ！」

「教えてくれ、村長！」

「あの吸血鬼はこの村を支配して、なにが望みだ！」

村人たちは元村長へと詰め寄っていく。いや彼らのなかでは未だに、この老人こそが村長だった。

老人はしばらく目をつむったあとに。

「あの吸血鬼は本当に……ワシらと共生したいだけなのではと思うのじゃ」

「まさかそんな……」

「じゃが考えてもみよ。わざわざ領主の軍を撃退までしてくれたのじゃぞ？　あの力があれば、村など支配せずともいくらでも人を襲える。それをせずにこんな村で、ワシらとともに汗を流す……共生くらいしか理由が思い浮かばぬ」

「「「…………」」」

村人たちも反論できなかった。元村長の言葉を否定できる考えが思い浮かばなかったのだ。

「じゃ、じゃあ俺たちはこれからどうすればいいんだ？」

「……あの吸血鬼に関しては特別と思った方がいい。村長として人のように接して、なんなら少しくらい親しみを持ってもいいかものう。リュウト様ならきっと許してくださるよ」

「確かに背中に銀のフォーク刺されて怒らないなら、大抵のことでは大丈夫そうだな……」

「というか人間でもフォーク背中に刺されたら激怒するよな……」

「話してみても人間じみてるしな……」

村人たちの気持ちが変わり始めるのだった。

「しかもニンニク食うし、強すぎるよな……」

「俺、アリエスちゃんの名前聞いたことあるぜ。かなり凄腕の吸血鬼狩りって……それを子供扱いか」

「やれやれ、まさに反則じゃな。じゃが味方であるならこれほど頼もしい存在もおらん」

恐れ半分、敬意半分という形ではあるが、リュウトは認められ始めていた。

「うむ、ではひとまず村長は認めるということで。他になにか報告はあるか？」

「あっ。村から少し離れた森で、妙に草木が伸びてるところがあっただ。こないだ獲ったはずの山菜が、またすごく伸びてる」

「気のせいじゃろ。そんなことあり得ぬ」


そして会合が終わった翌日の昼、俺とアリエスは広場で見合いながら立っていた。

「今度こそ覚悟してもらうわよ……！　私の聖なる力を見せてやる！」

「このあと森に獣狩りに行くから手短に済ませるぞ」

「くらいなさい！　ニンニク！」

アリエスがニンニクを投げてきたのを左手でキャッチする。

彼女はその隙に銀剣を振りかぶりながら、俺のもとへと走ってくるが——遅い。というか本当に遅い。前に戦った盗賊の親分の方が速いくらいだ。

振り下ろしてきた銀剣を軽く回避して、また彼女の足に俺の足を引っかけようとする。

さすがに学んだようで今回は避けられてしまった。

「ど、どうよ！　同じ手は通用しな……きゅう……」

俺がアリエスに肉薄して、彼女の顔に寸止めビンタを放つと、その衝撃で彼女は倒れた。同じ手が通用してるじゃないか。

勝利のニンニクをかじる。うん、やはり焼いた方が美味しいなこれ。あとでイーリにでも頼んで肉と一緒にガーリックステーキにしてもらおう。

「な、なんで吸血鬼がニンニク持ってるばかりか、美味しそうに食べるのよ……!?」

「いや生だとそこまで美味《うま》くない。焼いた方がいい」

「味のことなんて聞いてないわよ!?」

アリエスは倒れながら俺を睨んでくる。さて起き上がるのに手を貸した方がよいのだろうか？

「お、おお！　吸血鬼様強いなぁ！」

「りゅ、りゅ、リュウト様すごいぞー！」

気が付くと広場に村人が数人集まって野次馬していた。

どうやら俺とアリエスの戦いを見物して楽しんでいたようだ。この世界には大した娯楽はないから、こんな喧嘩《けんか》でも面白く見えるのだろう。

そんな彼らに手を振って笑みを浮かべると、村人たちは目を見開いて驚いていた。

明日以降はきっとつまらないから見に来ない、と思っていたのだが。翌日以降はさらに多くの者が集まって観戦しだしたのだ。

「りゅ、リュウト様ー！」

「さすがは吸血鬼様！　なんというお力！」

「あ、アリエスちゃん、がんばれー……なんてじょ、冗談で……」

最後の男が小声でアリエスを応援したあと、俺をチラリと見てきた。

「別にアリエスを応援してもいいんだぞ。そんな小さなことで怒らないから」

俺の言葉に対して村人たちはポカンと口を開いたあと。

「アリエスちゃん！　俺は応援しているぞ！　頑張れ！！！！！」

どうやら俺に遠慮していたようだ。まあ俺が負けるのを望んだら、死んでほしいと思っているると宣言するようなものだからな。

今後は村人たちはアリエスの応援をしそうだな。あれ？　じゃあ俺は誰も応援してくれないのでは……。

「リュウト様！」

「我ら！　栄光輝く眷属《シャイニング・ファミリアズ》！　一同！」

「必死に応援させていただきます！　フレー！　フレー！」

「「リュウト様！」」

「頑張れ頑張れ！」

「「リュウト様！」」

いやガンとモグランとコロランが、いつの間にか来て応援してくれていた。

「吸血鬼さん頑張れー！」

メルもその横で一緒に叫んでいる。

完全アウェーの状況は避けられたようだ。

（まあ村人が楽しんでくれるなら、悪役でもやぶさかではないけどな）

俺としてはこの戦いをどうせなら村人の娯楽にしたいと思っている。

アリエスには少し申し訳ないが、迷惑料として諦めてくれ。吸血鬼が白昼堂々戦うのだから、これくらいはファイトマネーだ。

そんなアリエスも都度妙なあの手この手を繰り出してきて、なんか謎の劇みたいになるのだった。

圧勝する俺はいいんだけどな。でもアリエスが公開処刑みたいで少し不憫《ふびん》かも……。でも本人が望まなければ俺は戦わないし、嫌なら挑んでこなければよいだけか。

ほのぼのとした時間、だが長くは続かなかった。この土地を奪われた元の所有者が黙っているわけがないのだから。

第7章

吸血鬼、村の問題を解決していく

太陽が真上に昇る頃、村の広場。

俺は毎日の日課であるアリエスとの決闘を行っていた。

周りには村人の大多数が集まって農作業の休憩をとりながら、俺たちの戦いを見物している。もう完全に娯楽としか思われていない。

「やあっ！　聖水かけ！」

「馬鹿！　服が濡《ぬ》れるだろ!?」

アリエスは小さなガラス瓶に入れていた水を、俺に向けて振りかけてきたのだ！

聖水でもダメージはないけど服が濡れると渇くまで冷たいんだよ！

「心配するところが違うでしょ！　吸血鬼なら聖水は弱点のはずなのに！　昨日頑張って井戸の水から作ったのに！」

悲鳴をあげながら俺から距離を取るアリエス。それを見て村人たちが歓声をあげた。

「今日のアリエスちゃんの策は聖水か。昨日は銀の食器で、一昨日は聖別した布だっけ。どれも通用してないけど」

「頑張れアリエスちゃんー！　俺は見てたぞ！　井戸の水で聖水作りつつ、体を洗ってるところを！」

「お前それ覗《のぞ》きじゃねぇか!?　村長！　こいつ処すべきです！」

村人たちは口々に好き放題述べまくる。

最初は彼らもあまり楽しめていなかったが、いまでは村の最大の娯楽となり始めていた。もし村に酒があったら間違いなく、飲んだくれていただろうなぁ。酒を製造できればがぶ飲みできるし、この村でも試してみるべきか……チューハイ飲みたいなぁ。

「ちょっと!? あなた、戦いに集中してるの!?」

「あ、ごめん。今日の一発ネタが終わったみたいだから考え事してた」

「ね、ネタ!? 私の秘策がネタ扱い……! 許さない！」

アリエスは銀剣を構えて突っ込んできたので、俺はいつものごとく彼女の足を引っかける。彼女は勢いよく地面に尻もちをついた。

「今日の勝ちも吸血鬼様かぁ。さてそろそろ農作業に戻るべ」

「んだんだ。ところでアリエスちゃん、スカートはやめた方がいいべよー！ 見えてるべー！」

村人たちはよっこらせと立ち上がって、広場から立ち去っていく。俺とアリエス、イーリだけが残された。

アリエスはペタンと地面に座り込んで立とうとしない。少し顔が赤いのは、たぶんさっきの村人の言葉のせいだ。

「おい大丈夫か？ 立てるか？」

「う、うるさい！ なんで勝てないのよぉ！ 私は吸血鬼に負けないと誓ったのに！ 強くなったはずなのに、子供みたいにもてあそばれて……！」

少し涙目になっているアリエス。

俺が言うのもなんだが、俺の体がチートすぎるのが理由ではある。でもそれを言ったところで彼女は納得しないだろう。

「それになによ！　なんで吸血鬼なのに人の血を吸わないのよ！」

「吸ってるぞ、血でつくった注射器で」

「それがおかしいのよ！　普通は噛《か》んで人を吸い殺すでしょ！　なんで村人に慕われてるのよ！」

俺は村人と良好な関係を築いている。なにせ毎日森に入って、獣を狩ってはおすそ分けしているのだから。

彼らからしたら毎日焼き肉が食べられてすごく嬉《うれ》しいだろう。なお、俺としてはもっと塩が欲しい……塩が貴重なせいであまり使えないので味付けが薄味すぎて……。まあそれは置いといて、俺も血をもらっているので共生関係だ。

俺の取ってきた肉で村人が血をつくり、それを俺が採血して飲む。まさにアブラムシとアリのような双利共生……いや例えが悪いな。

「いいことじゃないか。人を殺してないんだから」

「それはそうなんだけど……！」

いかん、アリエスはストレスが溜《た》まって癇癪《かんしゃく》を起こしているっぽい。仕方ない……少しだけ助言してやろう。

「アリエス、実は内緒だったがお前には明確な弱点が……」

「そ、村長！　大変です村長！」

アリエスに助言しようとした瞬間、元村長が杖《つえ》を振り回して必死に走ってきた。いや元気だなあんた、その杖は飾りか？

「どうした？　血相を変えて」

「こ、この村に恐ろしい数、五百近くの軍勢が向かってきていますじゃ！　きっとリュウト様を討伐しに来たのです！」

「軍勢？　吸血鬼狩りが群れてきたのか？」

アリエスに視線を向けると、彼女は涙を腕でぬぐって首を横に振った。

「そんなわけないでしょ。吸血鬼狩りを大勢雇う金なんて、ここの領主が持っているわけないわ。そもそもこの私がここを討伐するって吸血鬼狩りギルドに報告してる。その上で吸血鬼狩り軍を派遣してくるわけがない」

泣いていたのをごまかすためか、いつもより気丈に話すアリエス。少し微笑《ほほえ》ましい。

「じゃあ普通の兵士の軍ってことか。ここの領主は馬鹿なのか？」

吸血鬼討伐に有象無象《うぞうむぞう》の軍勢を率いる。それは色々な意味で愚者のやることだ。

ぶっちゃけるとコスパが最悪すぎる。吸血鬼は強力な存在だが弱点をつければ勝てるため、兵の数はそこまで重要ではないのだ。

つまり、弱い吸血鬼なら兵士百人もいれば十分勝てる。強い吸血鬼なら五百人の兵士を派遣するより、討伐に慣れている吸血鬼狩りに依頼した方が安上がり。大勢の兵士を雇う金や食費などが勿体《もったい》ないにもほどがある。

「……ここの領主は吸血鬼狩りギルドに寄付してないのよ。まあ領主というか、国自体もだけど……だから吸血鬼狩りを派遣するならすごく大金がかかる。それなら、と大勢の兵士を出したんだと思う」

「あー……さすがは金にがめつい組織だ」

「う、うるさい！　吸血鬼が暴れるせいでしょ！　貴方たちが人間を襲うからその対策として必要なのよ！」

少し目を逸《そ》らしながら叫ぶアリエス。自分の所属団体ががめつい自覚はあるらしい。

五百人の兵士が村にやって来るならば、おもてなしをしなければならないか。

「……私が軍の兵士に口利《き》きしてもいいわ」

「アリエスが俺に優しく……なにが目的だ？」

アリエスは少し逡巡《しゅんじゅん》したあとに。

「私ですら勝てない貴方《あなた》よ。五百人揃《そろ》えたところで勝てるとは思えない。兵士たちを下手に死なせる必要はないわ。貴方だってそれは望んでないでしょ？　私はこれでも上位の吸血鬼狩りだから、たぶん話を聞いてくれるはず」

「吸血鬼の村に吸血鬼狩りがいるのおかしいし、偽物と疑われないか？」

「大丈夫よ。この吸血鬼狩りギルド公認の命令書があるわ」

アリエスは懐から書状を取り出した。なんか印鑑みたいなのがキラキラ光っていてマニキュアみたいだ。

「どう？　これは偽造不可能な聖印が押されているの！　この印は吸血鬼なら触っただけで浄化されるほどの！　貴方だってただでは済まないかもね！　触れるものなら触ってみなさい！」

「ふーん、特に浄化されないけどな」

「……特級吸血鬼でも触るとタダでは済まないはずなのに」

アリエスは呆《あき》れながら呟《つぶや》く。彼女は忘れがちだが優秀な吸血鬼狩りだ。

発動する聖魔法は並どころか、上位の吸血鬼にも痛手を与えられるレベルなのだから。

そんな彼女の言葉ならば確かに軍も引き下がるかもしれない。本人曰《いわ》く絶対に偽造されない書状もあるし。

「アリエス優しい」

「イーリさん、そんなのじゃないわよ！」

だが……。

「悪いな、今回の戦いはむしろ望むところなんだ」

「の、望むところって？」

「そうだ。この戦いで圧勝することで、この村の独立を周囲に喧伝《けんでん》できる。そうすれば他の吸血鬼たちにも噂《うわさ》が広まって、ここに集まってくるかもしれないからな」

俺の宣言に対してアリエスは目を細めた。その表情には怒りがこもっていて、銀剣を鞘《さや》から取り出して力強く握った。

「……そのためにならいくら殺してもいいってこと？　やっぱり貴方は血も涙もない吸血鬼……！」

「違うな、誰も皆殺すとは言ってない」

「え？」

「圧倒的な力で敵軍を蹂躙《じゅうりん》して壊滅させる、だが虐殺の予定はない。ようは軍を脅して撤退させるだけだ。そもそも五百人も殺したら、村の人まで俺を怖がってしまうだろ。俺が目指すのは吸血鬼と人間の共生であって、脅して統治することではない」

アリエスは俺の言葉に茫然《ぼうぜん》としている。

俺からすれば理由なく虐殺なんてしたら、村人の評価が落ちるので最初から選択肢になりえない。

それに敵軍の大半はなにも知らない領民だ、一度目で殺されるのは理不尽だろう。初回は優しくしてやるつもりだ、二度目以降は自己責任にするが。

村人たちへの言い訳もできるしな。一度は見逃したのに攻めてきたから、奴《やつ》らはこの村を必ず滅ぼすつもりなんだ。これは正当防衛だとかで。

俺はアリエスに背を向けて歩き出す。

「待って。私も行く」

その後ろをイーリがついてきた。

「危ないからお前も村にいろ」

だがイーリは首を横に振る。無表情ではあるがその目は真剣だった。

「私は見届けたい。リュウトが、人非《あら》ざる者が人と交われるかの軌跡を」

「…………はあ、勝手にしろ」

「進めぇ！　シナナ村にいる吸血鬼、そして噛まれて生きた屍《かばね》となった村人を殺すのだ！」

太陽が真上から少し斜めに落ち始めた頃。鉄の鎧《よろい》を纏《まと》った騎士が革鎧の兵士を率いて進軍していた。

彼らはウエスト領吸血鬼討伐軍。各村の兵役を課せられた若者で構成された軍だ。

「うう……吸血鬼にオラたちが勝てるんだべかなぁ」

「怪力を持つ化け物だよなぁ。血を吸われたら……」

「恐れることはない！　お前たちには聖水を与えている！　それを頭からかぶれば、奴らは触れることすらできないのだから！」

士気が低い兵士を隊長が必死に鼓舞している。

一般人にとって吸血鬼はやはり恐ろしい存在なのだ。とはいえ平民でも昼に聖水を持って束になってかかれば、並の吸血鬼程度ならあっさり殺せる。

蚊に蚊取り線香、ナメクジに塩、吸血鬼に聖なるもの。どれだけ強かろうが明確な弱点を持っているのはやはり大きい。

夜は吸血鬼の力が万全になる上に、夜闇に紛れられるので厳しいが。

「見えたぞ！　シナナ村だ！　火種を用意せよ！　建物はすべて焼き払う！」

隊長の指示に従って兵士たちは火打ち石を叩《たた》き、松明《たいまつ》に火をともす。

「火矢の用意を！」

兵士の中で矢を使える者たちが弓に矢をつがえた。その矢じりは燃えている。

そして隊長は大きく息を吸って命令を繰り出す。

「狙いは建物だ、はな……」

「ふーーーーーーーーーーー！」

だが火矢は放たれなかった。突風が兵士たちを襲って矢じりの火がすべて消えてしまったのだ。風の方角には黒装束の男、そしてその少し後ろには、青髪で眼帯をした少女が佇《たたず》んでいた。

「やめろ。俺の村を燃やすことは許さん。お前らの狙いは俺だろう？　なら俺を直接狙えばいいだろ！」

リュウトは怒りをにじませた声で叫ぶ。彼からすればせっかく建てた家を、また燃やされるのは業腹《ごうはら》だった。

「貴様、何者だ！」

「お探しの吸血鬼だよ」

ニヤリと笑みを浮かべるリュウト。鋭利な犬歯が口から見えて、兵士たちは息をのんだ。

「貴様が……！　本当に昼に出没するとは……兵士たちよ！　聖なる矢を放て！　吸血鬼に裁きを与えるのだ！」

「せ、聖なる矢!?　なんですかそれは!?」

「聖水を矢じりにかければ聖なる矢だろうが！」

兵士たちは急いで矢じりに聖水を振りかけ、また弓に矢をつがえてリュウトを狙う。怪力である吸血鬼には迂闊《うかつ》に近づかないで、遠距離で勝負を決めてしまう魂胆だ。

「はなてぇ！」

百人ほどの兵士が一斉に矢を放った。矢は雨のようにリュウトに降り注ぎ、体へとつき刺さっていく。全身に矢が刺さったのを見て、隊長は歓喜の笑みを浮かべた。

「やった！　所詮は吸血鬼など人間の敵では……！」

「か、勝ったのか！　これで村に帰れる！」

「吸血鬼がなんぼのもんだな！」

兵士たちも喜びの声をあげた、その瞬間だった。リュウトの体が闇となって霧散して、刺さった矢が地面に落ちていく。そして闇は再び集まると元の体の姿を構成する。

リュウトは隊長に対して見下したような視線を向ける。

対して、領主軍の者は皆が唖然《あぜん》とした表情だ。致命傷を与えて殺したと思ったらまったくの無傷だった。その落差はあまりに大きい。

「ばっ、ばっ、ばかな!?」

悲鳴をあげる隊長に対して、リュウトは挑発的な笑みを浮かべた。

「それで終わりか？　終わりなら反撃させてもらうが」

「や、矢をもっと放て！　放て！　放たんか！」

「は、はい!?」

さらに矢がどんどん射られる。だが先ほどに比べて的外れの方向に飛ぶ矢が増えた。弓手も人間だ、動揺して狙いが定まっていない。

たまにリュウトの体に刺さるが、彼は特に気にもしていない。まるで蚊に刺されたかのように。

「おいおい危ないな……ふん！」

吸血鬼は片手を勢いよく振るう。すると、強い風圧で的外れの方向に飛んだ矢を弾《はじ》き飛ばした。あの矢がそのまま進んでいればイーリに当たる恐れがあるため、危ない物だけ防いだのだ。

「せ、聖水の矢だぞ!?　何故効かない!?　貴様は吸血鬼ではないのか!?」

領主軍の隊長が声を裏返す。リュウトは牙を見せびらかすように笑った。

「いや吸血鬼だ。シナナ村改めドラクル村の長《おさ》のな！」

リュウトは演劇のように高らかに叫び、腕を振るってマントをバッとひるがえした。

「聞け！　これよりあの村は俺の統治下とする！　領主に伝えよ、もはや貴様のものではないと！」

「そ、そんなの伝えられるわけがなかろう！　やれ！　なんとしてもあの吸血鬼を殺すのだ！　矢が効かぬなら槍《やり》で貫き、直接聖水をかけるのだ！」

隊長はリュウトを指さして兵たちに命令する。彼は領主に吸血鬼討伐を命じられた身。成功すれば領主の覚えもめでたくなり出世できるので、兵士が何人死のうがなんとしても目的を達成するつもりだ。自分は安全な場所で指揮すれば死にはしない。

だが兵士たちは誰一人として前に出ようとしない、それどころか徐々に下がり始めている始末だ。

「そ、そんなこと言われても……」

「聖水を帯びた矢が刺さっても死なない奴を、どうやって殺せって言うんだ……」

「ええい臆するな！　奴はきっと防御に特化しているのだ！　聖水などが効きづらい代わりに怪力などがないに決まって……！」

隊長が叫んだ瞬間だった。リュウトは地面を思いっきり踏みつけると、轟音《ごうおん》とともに大きな地割れが発生したのだ。

「すまない、ちょっと聞こえなかった。怪力がなんだって？」

リュウトはニコニコと笑顔で言う。

「絶対聞こえてた。吸血鬼は耳がいい」

「イーリ、少し黙っていてくれ。俺が非力だと思うなら試してみるか？　人間は弱いので首を引っこ抜いてしまうかもしれないが」

リュウトが一歩前に出る。すると兵士たちは一歩後退する。また一歩進めば下がる。

もはや隊長すら命令するのを忘れて臆している。

「いまから六十秒の間、俺は後ろを向いてやる」

「な、なにを言って……！」

「分からないのか？　その間に逃げたい奴は逃げろ、そうすれば今回だけは追わない」

「た、戯言《たわごと》を！　我らを逃がす理由がどこに……！」

「俺はあの村以外にも領地を広げていくつもりでな。そのため、必要以上に人間を殺さない。兵士たちも聞くがいい！　俺はこのドラクル村を広げていき、吸血鬼と人間が共生する国を作りあげる！」

吸血鬼の謎の宣言に兵士も隊長も困惑している。

当たり前だ、人と吸血鬼。そんなものは水と油よりなお酷《ひど》い組み合わせ。食われる者と食う者が、羊と狼《オオカミ》が共に暮らすと宣言するのだから。

「そ、そんなものができるわけがなかろう！　吸血鬼は人の血を吸うんだぞ！」

隊長の視線にリュウトは真っすぐ睨《にら》み返す。

「ならお前たちは牛や馬を食べないのか？　鳥は？　被食者と捕食者の関係だとしても、共生できない理由にはならない」

「ざ、戯言を！」

叫んだ隊長に対してリュウトは自嘲気味に笑った。そして真剣な顔で領主軍を睨みつける。

「この宣言を周囲に伝えよ！　そのために貴様らを逃がしてやるというのだ！　戯言と思

うならそれでもよい！　この宣言を笑ってもかまわない……が、反論するのならばここで俺に立ち向かってこい」

リュウトは再び犬歯を見せびらかしてから、くるりと軍に対して背を向ける。

兵士たちは限界だった。恐るべき強大な敵が多少は納得できる理由で逃がしてくれる。ならば……気の変わらないうちに逃げるべきだと。

「ひ、ひいいぃぃぃぃぃぃっぃ!?」

「逃げるんだ！　こんなの勝てっこねぇ！」

兵士たちは命令を待つまでもなく、散り散りになって尻尾を巻いて逃亡し始める。

「ま、待て！　逃げるな！　吸血鬼を野放しにしては……！」

「ならあんただけ戦えよ！　もう俺はこりごりだ！」

槍も弓矢もなにもかも捨てて、少しでも身軽になって逃げていく兵士たち。

「く、くそっ！　ええい！　逃げれば貴様ら全員、罪人にするぞ！　顔も覚えている！一族郎党全員処刑で……！」

隊長だけは呼び止めようとして逃げ出さない。彼は手柄を立てたいがため、多大な犠牲を払ってでも吸血鬼を倒したい。だが兵士からすればそんなことは知ったことではない。

そしてすぐに六十秒が経《た》った。

「チャンスは与えた。逃げなかったお前が悪い」

吸血鬼は隊長の背後をとって耳元でささやいた。その瞬間、彼の首は手刀でスパッと切断されて地に落ちる。首なし死体がバタリと倒れた。

「殺さないと思ってた」

「殺す必要性がなければ殺さないだけだ。これは戦争だ、不殺なんて言うつもりはない。それにこいつを返すと、罪のない兵士が処刑される恐れがあったからな」

リュウトは冷たく言い放つ。だが吸血鬼である者のセリフと考えれば、温情に塗《まみ》れた言葉だ。

「でもまた攻めてくるかも。皆生きてるし」

「かなりの恐怖を与えたからもう来られないとは思うがな。だがまた来たら、その時は今回ほど甘くはない。ちゃんと明言もしたしな」

攻めてきた兵の大半はなにも知らされてない平民たちなので、リュウトは彼らを一度は見逃した。

だが次にやって来るとすれば、警告を知ってなお襲ってくる兵士たちだ。そんな者まで見逃していては、ドラクル村自体が舐《な》められてしまう。

「他にも理由があるがな。もしここで敵兵を殺したとして、大量の血のストックが手に入ると困る」

「なんで？　血がいっぱいで嬉《うれ》しくないの？」

「本来なら望ましいことだろうが、この血があれば村の血税いらないよねとなってしまうのはダメだ」

「というとどういうこと？」

「村人たちには血税に慣れてもらわなければ困る。血税は吸血鬼と村人を繋《つな》ぐ絆《きずな》になる予定なので、断ち切られたくない」

もし血が余っていれば、村人は採血されることに不満を覚える。もう採らなくてよいではないかと思うのだ。村を守る代わりに血をもらうという約束があっても。それをリュウトは避けたかった。

「…………」

だがイーリはまだ納得できないような目をしている。

「どうした？　まだなにかあるのか？」

「なんでそんなに真剣なの？」

イーリは首をかしげて尋ねながら、右目の眼帯を外して黄金の目でリュウトを見つめる。まるで真実を見通したいとばかりに。対してリュウトは頭をぼりぼりとかいた後、

「……はぁ。食べたいからだよ。事後処理があるからあっちに行ってなさい」

誤魔化すようにイーリを手で追いやった。

「むぅ」

だがここで計算外が発生する。

兵士の一割ほどが逃げずに残っていたことであった。


俺は何故か逃げない兵士たちを見て呆れていた。おおよそ五十人ほどの兵士は尻もちをついて腰を抜かしていた。弱ったな、這《は》いつくばってでも逃げてくれよ。追わないからさ。

「なぜ逃げない？　勝ち目があると思っているのか？」

犬歯と鋭い爪を見せつけて脅す。さっきの逃げないとのくだりは、あくまで逃げろという意味で伝えたことだ。隊長を殺したのもあいつがいたら逃げづらいと判断しただけ。

本音を言うとさっさと逃げてほしいのだが。

「ひ、ひいっ……！」

俺が少し近づくと兵士たちはさらに怯《おび》えはじめる。

「待ちなさい！　それ以上進むな！　さっきの隊長はともかく、彼らはただの農民よ！　無辜《むこ》の人まで殺させない！」

俺の前にアリエスが立ちはだかる。彼女はすでに銀剣を抜いて、俺に向けて構えていた。

俺が逃げない兵士たちを殺すと考えているのだろう。

やはりアリエスはよい人だ。俺の目に狂いはなかった。

「安心しろ。殺さないから」

アリエスはしばらく俺を睨んだあと、道を譲るように横に逸《そ》れた。

「…………怪しい動きをしたら斬《き》る！」

俺は彼女の言葉にうなずいて再び兵士たちを見る。

「こ、殺すなら殺せ！　どうせ帰ったところで居場所はないんだ！」

「この戦で手柄を立てないとどうしようもなかったんだよ！　今年は不作で！　村に帰っても食料がねぇ！　なのにっ！」

兵士たちは必死に叫んでくる。あー……つまり彼らは村を口減らしとして追い出されて、手柄を立てて食い扶持《ぶち》を稼ぐために兵士になったと。

逃げた者と違って帰っても生きる術《すべ》がないから、それならいっそ俺に殺されると？

もしかしたら戦で死んだら遺族年金みたいなものがあるのかも？　なんにしてもはた迷惑な話だが……さすがにここで殺すのも見捨てるのも寝覚めが悪い。

「はぁ……ならお前たちもこの村に住むか？」

「「…………は？」」

呆《ほう》けた顔をする兵士たち。ここにいる五十人全員を村に迎え入れるとなると、村の人口が倍増になってしまう。だが人手も増えて、おそらく食料は持つはずだ。いざとなれば俺がもっと多くの獣を狩って、眷属《けんぞく》たちも使って食料を集めればいい。

それに畑だって増やせるし、今後食わせていくことは可能だ。

「そ、そんなこと言って吸い殺すだけ……」

「見えないのか？」

俺は村の方に顔を向ける。そこでは以前より少し血色のよい村人たちがこちらを見ていた。俺が来てから村の食料事情はよくなっている。

兵士たちはその様子に気づいて驚いている。

「きゅ、吸血鬼に占領されてるのにみんな健康そうだと……？」

「家もなんか新しいのが多いような……」

盗賊に燃やされたあとに建て直したからな。大半は新築になっている。

吸血鬼に占領されている村ならば、きっと人間はまともに暮らせていないと思っていたのだろう。兵士たちはすごく困惑している。

「俺は村を占領しているが、決して悪いようにはしてないぞ。どうせ捨てる命なら懸けてみたらどうだ？」

「「「「……………」」」」

兵士たちはしばらく黙り込んだあと、諦め気味にうなずいた。これで兵士たちも俺の村の住人だな。

「……本当に殺さないのね」

アリエスが不機嫌そうに俺を睨んでくる。なんで殺していないのに睨まれないとダメなのか。

「睨まないでくれよ。ちゃんと要望通りにしただろ」

「……っ！　分かってるわよ！　ありがとう！　これでいいんでしょっ!?　吸血鬼狩りにお礼を言われる吸血鬼さん！！！！」

「いや別にお礼を言えというわけでは……」

この後に兵士たちを迎え入れるために動いた。人口が増えたのでさらに木材を取ってきて、家を建てたりと忙しかった。

ここに第一次ドラクル村合戦は終結した。死傷者をひとりしか出さずに。

そしてこの合戦の噂は少しずつ広がり、様々な陣営に影響をもたらした。

領主、周囲の村、吸血鬼狩りギルド。そして……人を通じて吸血鬼たちへも噂が流れていく。この奇特な村の存在が世界へと広がっていく転機となったのだ。

そしてとうとう……吸血鬼が十人ほど村へとやって来た。

吸血鬼が村の長となった。

前代未聞の話だ。あっという間にウエスト領を越えて、シルバリア王国中に広まっていく。

その話を聞いた者たちの対応はそれぞれだった。民たちはあまり信用せず笑い話にして、領主の中ですら半信半疑の者は多い。だがその中で確実な情報だと知っている組織たちは、今後の対応を考えていた。

シルバリア王国王都にある建物。吸血鬼狩りギルド、シルバリア支部。その中では緊急会議が開催されている。

豪華な衣装を纏《まと》った代表者たちが円卓を囲んで、どのように対処するか話し合っていた。

その円卓はすべてが銀で造られており、椅子などに至っては黄金という豪華具合だ。

「吸血鬼が村を占領したのは間違いなく本当だ。銀の聖女アリエスからの事前報告とも一致する。彼女をもってしても厄介な吸血鬼だそうだ」

「ならば優秀な吸血鬼狩りを複数派遣しないと無理だろうな。だが占領したシナナ村とやらはウエスト領。我らへの寄付金を拒否した愚かなこの国の土地だ。ならば見捨てておくに限る。いっそ吸血鬼に滅ぼされてもよい」

「然《しか》り。その方がむしろ吸血鬼の脅威を宣伝できて寄付金も集めやすい。これを機に各国や領地への寄付金要求額を上げるのはどうですかな？　この時勢で我らを切り離せる者などいますまい」

代表者たちは自らの都合を口にする。

吸血鬼狩りギルド、その実態は特権を振りかざして儲《もう》ける集団だった。吸血鬼狩りを独占しつつ、吸血鬼の脅威を説くことで寄付金をせしめる。

吸血鬼は厄介な存在だ。弱点をつけば討伐は可能とはいえ、その弱点は銀や聖水などの準備が難しいもの。それに吸血鬼は特殊能力なども強力なため、普通の兵士や冒険者や傭《よう》兵《へい》は相手にするのを敬遠する傾向がある。

つまり領主は、吸血鬼狩りを生業《なりわい》とする慣れた者に、討伐依頼をすることになる。だがその吸血鬼狩りはギルドがほぼ独占していて、寄付金を渡さないところには派遣しない。

「ちょうどいいではないか。この国のどこかの村に我らの吸血鬼を襲わせる予定だったが、手間が省けたというものだ」

「確かにそうだな。では今後は人間を支配した吸血鬼の脅威を説き続けるか」

「それがよい。なんならシルバリア王国がこの吸血鬼の対応に困ってから、我らが仕方なく助けてやれば恩が売れる。国政にも入れるやもしれぬからな」

「その吸血鬼には千人くらいは殺してほしいものだな。より脅威に見えるように」

吸血鬼狩りギルドは銭ゲバ組織、などと生易《なまやさ》しいものではない。

吸血鬼と人間の間を完全に裂き、争わせることで儲ける世界的な組織だ。

本来なら吸血鬼自体の数はそこまで多くなく、専用の対策ギルドが作成されるほどではない。他の魔物と一緒にまとめられて、討伐ギルドがあるべきだろう。

だが吸血鬼は積極的に人を襲うので、他の魔物と比べて遥《はる》かに被害が多い。ゆえに成り立っている特異な団体だった。

「吸血鬼と人間が共生などできるわけがない。仮にできたとしてもさせるわけがないというのに」

「吸血鬼にも愚かなのはいるものですな。ちなみにもしその吸血鬼が万が一に村の統治に成功しそうなら……」

「決まっているだろう。我らの吸血鬼を派遣してすべて終わらせる。地獄をつくってやるのだ。銀の聖女アリエスにも討伐しないように命令書を送れ」

「お待ちください！」

会議がほぼ決まりかけた瞬間、ひとりの青年が席から立ち上がった。

他の参加者たちは訝《いぶか》し気な目で彼を見続ける。

「なんだね。ボドアス卿《きょう》、我らの決定に不満が？」

「吸血鬼を使うのは反対です！　そもそも吸血鬼狩りギルドが吸血鬼を内部に入れているなど！」

茶色髪を短く切り揃えた彼は、その正義感をもって叫んだ。

「若いなぁ。使えるものは使うべきだろう」

「新入りは控えておれ」

だが他の者はくだらないといった態《てい》でボドアスの意見を無視した。

「ははは、では決定したところで。我らの栄光に乾杯」

「「「乾杯」」」

代表者たちはグラスに入れたワインで乾杯し、笑みを浮かべていた。

「くっ……」

ひとり歯ぎしりするボドアス卿だが、彼は議会にいないものとして扱われていた。

「……おっと。そういえばそのシナナ村、確か以前に金山があるかもとの噂があった気がするな」

「金山ならどうでもよいわ。銀山なら我らの特権で領主から奪えるから、噂程度であろうが細かく調べていただろうがな」

「金山があろうがなかろうが我らには関係のない話ですな」


シルバリアの北に位置するとある国。

そこの城の玉座に座って笑っている少女がいた。

「吸血鬼が統治する人間の村ですって？　それは本当なのかしら？」

紫の髪を腰まで伸ばし、衣装は漆黒の闇のようなゴシックロリータなドレスを着こなしている。そんな少女はけだるそうに足を組んで、玉座にもたれた。

「シルバリア王国に派遣している者から届いた確かな情報です。ミナリーナ様」

老執事が恭しく頭を下げ、ミナリーナと呼ばれた少女は顎に手を置いて考え始めた。

「支配ではなく統治でして？」

「そう聞き及んでおります。村長という立場でこそあれ、我らのような支配関係ではなさそうです」

「ふぅん。人間との共生となれば……あいつでしょうね。色々と豪語してたけどどうなったのか、少し興味がありますわ」

「承知いたしました。では、向かわれますか？」

ミナリーナはクスリと笑ってから立ち上がった。

身長はやや低めだが、胸は女性の平均以上はある。小柄な体とのバランスを考えれば大きいと言って差し支えのないサイズだった。

「そうですわね。同じ千年吸血鬼として、事の顛末《てんまつ》の確認くらいはしてやりますわ」

「承知いたしました。ではすぐに死馬の馬車を用意いたします」

「お待ちなさい。すぐに向かうとは言ってないですわ。このワタクシが出向くのですから、最低限の出迎えの準備をさせなさい。事前に手紙を送っておくのを忘れずに」

「承知いたしました」

ミナリーナは執事の言葉に満足すると、再び玉座に腰を下ろした。

再び愉快そうに笑った彼女の口元には、鋭利な犬歯が生えている。

「さてシェザード。貴方の諦めなかった夢は叶《かな》いそうなのかしら？　人間と吸血鬼の対等な共生という夢物語を。腐れ縁のよしみですわ。遺志を継いだ者の価値、ワタクシが確かめて差し上げましょう」

「夢物語と仰《おっしゃ》る割には、肩入れしておるように思えますが」

「夢が叶うなら素敵だと思いませんこと？　ましてや己の身を捨ててまでの夢が」


「……は？　千人の兵が負けた？」

ウエスト領主屋敷の執務室では、領主が報告を受けて唖然としている。彼にとってこの戦は必ず勝つはずのものだった。

実際はそもそも五百人しか派兵できていないが、領主はそれを知らない。

「千人！　の兵士は散り散りに逃げて、各村や町へと戻ったようです。隊長はまだ戻って来ておらず、逃げる際中に追いはぎにでもあったか……」

報告している男は、千人を強調して発言した。

「まさか千人が壊滅とは……!?　ま、待て。ならあの村はどうするつもりだ！　吸血鬼が居続けることになるのだぞ!?」

「しかし、我らにさらに千人の軍を出せる余力はもうありません。次の収穫時期までは兵糧が用意できませぬ。それに金も滞っておりまして」

「くっ……！　たかが吸血鬼風情、千の軍で倒せないとは！　聖水をかけるだけで倒せるだろうになんと無能な隊長か！　次の収穫が終わり次第、再び攻め込むのだ！」

激高する領主。だが彼は知らない、村の吸血鬼に聖水なんて効かないことを。

そしてまた軍を出して同じ過ちを繰り返そうとしていた。ただし……今年は冷たい気温で作物の育ちがよくない。軍を出したのが大失策だったと知るのは、これよりもう少しあとになる。

「ここが我らの村か」

「ふむ、悪くなさそうだ」

「人もそれなりにいるな」


ドラクル村の西の平野で俺とイーリは来客を出迎えていた。吸血鬼たちが十二人も、俺たちの村を訪れてきたのだ。

アポなど取らずにいきなりやって来たので驚いたが、おそらく俺が領主軍を追い払った噂を聞きつけたのだろう。

さすがに吸血鬼たちをいきなり村に入れるのは村人が怯えるだろうから、東の平野に来てもらった。あと、アリエスに襲われる危険もあるしな……剝《む》き出しの剣みたいな娘だし。

吸血鬼たちは、ふたりを除いて似たような姿をしている。マントにタキシードの吸血鬼ファッションで、棺桶《かんおけ》を背中に背負っていた。あれか？　マイ枕ならぬマイ棺桶《かんおけ》みたいな？

まあでも正直些細《ささい》なことだ。

「はじめまして。私はベリルー」

ひとりが俺に挨拶をしてきた。彼はこの吸血鬼のなかでもっとも特徴的だ。

服装は他の吸血鬼と同じだがつぶらな目、大きな耳、端正な豚のような鼻と口。

そうコウモリである。コウモリの顔をした吸血鬼に比べれば棺桶なんて些事《さじ》である。

なお声は超イケボだ。なんだこのミスマッチの塊みたいな奴は。

「……吸血コウモリはお帰りください」

「違います。私はれっきとした吸血鬼です」

「まぎれもなくコウモリ人間では？」

「この姿は好きで変身しているだけです。これでも初対面だから整えてきたのだ……おっと失礼。整えてきたのです。普段ならネズミの体なのですがね」

いったいこいつはなにを考えて生きているんだろう。いや待て、吸血鬼界隈では常識な可能性が。

「あいつやべぇ……」

「なんでコウモリ頭に……？」

俺らの島でも常識ではないようだ。

こいつのことは考えないようにした方が幸せかもしれない。とりあえずあまり関わらないでおこう。

「あ、あの……ご迷惑でしたか……？」

吸血鬼のなかでも特に小柄な子が、俺から目を逸らしながら頭を下げてくる。ずいぶんと腰の低い女吸血鬼だ。

小柄で細身、なんなら中学生に見える。パーマのかかった桃色の髪を、肩にかからない程度に切り揃えている。服装は男物の庶民服で棺桶も背負っておらず、パッと見の外見は吸血鬼には見えない。

なによりも特徴的なのは顔立ちがすさまじく整っている。まるで、最も可愛《かわい》くなるように計算してつくられた人形のようだ。この容姿であれば街中を歩いていても、かなり注目を浴びてしまうだろう。

「いやそういうわけではないよ。俺はリュウト。君の名前は？」

俺はこれでも村の長だ。対して彼らは村に住みつく予定の者で、俺は少し偉ぶらないと体裁的にもダメなため敬語は使わない。

俺の方が立場が上だと思ってもらわないと。

「さ、サフィです……よろしくお願いします……」

ペコペコと頭を下げてくるサフィ。見た目も態度もあまり吸血鬼らしくないな。

「ところで、なんでこの村にやって来たんだ？」

俺の問いにサフィは少しだけ目を逸らしたあと。

「さ、サフィは……ここでなら守ってもらえると思いまして……」

この吸血鬼、名前で自分のことを呼ぶのか。少し珍しい気もするがまあいいか。血が飲めるというのはすごく無難な答えだな。

「………」

サフィは怯えた顔をしている。彼女の視線の先にはイーリがいた。

吸血鬼が人に怯えている？　むしろ人がいたら喜びそうなものだが……。

「ん？　イーリになにか……」

「我らがやって来た理由。それはおぞましい吸血鬼狩りがこの国に来ているという噂を聞き、強い寄り辺を求めたのだ。ちょうどこの村の噂を聞いたのでな、近くにいた吸血鬼同士で相談してやって来た」

ベリルーが話に割り入ってきた。やめろコウモリ頭が目に映るだろ。

ところでまるでサフィを守るかのように、彼女と俺の間に移動したが気のせいだろうか。

気のせいだな、こんな面でそんなことしないだろ。

ん？　いや待て、おぞましい吸血鬼狩りって……。

「その吸血鬼狩りって金髪の少女だったりしないか？」

もしそうならさっそくこの村が詰みかねないのだが!?　逃げる原因がこの村にいるとか地獄じゃん！　アリエスかこいつらのどちらかを追い出さないとどうにもならないのでは!?

「いや違う。その者ではない」

よかった。本当によかった。いやアリエスも吸血鬼視点だと、狂犬みたいに噛みついて来るからおぞましいよなって。

俺は犬ころ扱いにしてる感じあるけど。

「あとは我らが占領した村ならば、血を安定して吸えると思ったのでな」

「最近は人間たちも我らに対策していて、満足に血を吸うことができなくなった」

「歯がゆいことだ。昔はよかったなぁ。人間はロクに抵抗できなかったのに」

他の吸血鬼たちも小さくため息をつく。

なんだろう、いきなり年配のオッサンの愚痴を聞かされている気分だ。なお彼らの昔とは最低でも五十年以上前である。二十年やそこらは寿命の長い吸血鬼にとって、昔という感覚にはならない。

「ところで後ろの眼帯の少女は今日の食事か？　柔らかくて甘そうだ」

吸血鬼のひとりが俺の後ろにいるイーリに視線を向ける。他の吸血鬼たちも笑みを浮かべていた。

これは仕方ない。吸血鬼たちにとって人間とは食料なのだから。

ようは『あのお肉美味しそー』とか『あのお菓子甘そうー』とかと同義なのである！

ちなみにイーリの血は実際美味しい。

だがこの村で人間は食料の感覚を持ち続けられては困る。食料と見下されていたら共生なんてできるはずがないのだから。ここでしっかりと言い含めておかなければ。最初が肝心だ、最初が。

「違う、彼女らはこの村の住人であり食料ではない。手紙にも書いたがこの村の人間を勝手に吸うことは許さない」

「なに？　では我々はどうやって血を得ろというのだ」

「ここの住人は定期的に血を採取している。その血を分け合うんだ」

注射器で採血したあと、血魔法で固めて保存。これを繰り返した結果、いまのドラクル村には大量の血の貯蔵があった。十体くらい吸血鬼が増えてもしばらくは困らない。

それにちょうど人口も増えたので、おそらくストックを減らさずに血を吸わせ続けることができるはずだ。

「つまりはこういう感じだな」

俺は懐から血の入った小瓶を取り出す。吸血鬼たちはそれを見て「ほほう」と感心している。

「人の血を保存ということか。うーむ……」

「まあ人の血には変わりないのか……」

少しばかり反応が悪い気がするがまあよい。それよりもまずは聞いておくべきことがある。

「ところでお前たち、寝床はあるのか？」

「ない。元々の寝床は捨ててきた」

「あ、ありません……」

他の吸血鬼たちも「ない」と口々に告げてくる。やはりな、だって棺桶背負っているってことはそういうことだろ。ベッド持ってきましたので寝床くださいみたいな。なんともダイナミックな寝床要求アピールである。

「家がないからしばらく野宿をしてくれ」

「は？　貴様、我らに死ねと言うのか!?」

「野宿などしたら太陽の光で溶けるわ！」

吸血鬼たちは激怒してくる。しまった寝袋持参的なノリで言ってしまったが、確かにその通りだ。

これが人間ならばそこらで寝ろ、もしくは他の家で寝ろで大丈夫である。

だが吸血鬼相手となるとそうはいかない。彼らは寝床を選ばないと朝日とともに永眠しかねない、冗談抜きで。

弱ったな。まさかここまで早く吸血鬼が来ると思っていなかったから、彼らの住み処《か》を準備できてない。吸血鬼の住み処の案自体はある、地下室だ。

吸血鬼は日光が嫌いで影が好き。人間は日の光が差さない地下で暮らし続けるのは厳しいが、吸血鬼にとっては絶好の住み処になる。むしろ、なんで地下や洞窟に住まないのかと疑問に思うレベルで相性がよいのだ。

だが地下室を作るには地盤調査などが必要である。穴掘ったら崩れて生き埋めになりました、では酷いオチになってしまう……。

少し悩んでいると地面にボコッと小さな穴があいて、中からモグランが飛び出してきた。

「とう！　リュウト様！　お悩みと思いまして！」

さらに空からバサバサとコロランが飛んできた。

「我らに策が！」

そしていつの間にか周囲でヒラヒラとガンが。

「具申いたします！」

俺の眷属たちは三体仲良く並ぶと、ビシッと決めポーズらしきものを繰り出した。

「「「我ら栄光輝く眷属《シャイニング・ファミリアズ》！　こっそりと地下をすでに捜索しており、地下室に相応《ふさわ》しい場所を発見いたしております！」」」

「さすがは日陰者ズ」

「「「我ら栄光輝く眷属《シャイニング・ファミリアズ》！！！」」」

イーリの毒舌に対して必死に叫ぶ眷属たち。まあうん、間をとって眷属ズくらいでいいんじゃないかな。ほら栄光輝くと日陰者で打ち消し合うし。

ともかく、彼らが地下調査してくれていたのはありがたい。穴掘りの専門家であるモグランがいるならば、調査の質にも信頼がおけるというものだ。

「よくやってくれた。さっそくだが案内してくれ」

「いえ、実は案内する必要がないのです！」

「ここでございます！　この直下こそが地下室に相応《ふさわ》しいかと！」

「だからこそ我らはこのそばにいたのです！　調査してて！」

眷属たちは必死に叫んでくる。なんとすごい偶然だが、位置的に好都合だな。

この場所は村から少し離れているのもよい。さすがに現状で吸血鬼と村人の寝床がすぐそばは、ちょっと互いに軋轢《あつれき》を生みそうだからな。特に村人たちがすごく怯えてしまいそう。

「よし！　さっそくだが地下室の作成を始める！　今晩中に完成させるぞ！」

「おー」

「「「わーーーー！！」」」

イーリが俺の言葉に抑揚のない声を出して、眷属ズがすごく頑張って叫ぶ。

吸血鬼たちはそれを腕を組んで眺めていた。

「ほほう、地下室とはなるほど。考えたものだな」

「洞窟に近い雰囲気で住めそうなのはいいな。だがすぐに完成するものなのか？」

「牙並み拝見といかせてもらおう」

「いやお前らも手伝え」

「「「なんだとっ!?」」」

あまりに他人ごとのように考えている吸血鬼たち。いやお前らの住み処なんだからさ……。

「だが待ってくれ。道具もなしにどうやって穴を掘るつもりだ？」

コウモリ頭のベリルーがまた話に入ってきた。お前どの面下げてくるんだよ。そのコウモリ面を普通の顔にしてほしいんだが。

村人、特にメルとかが見たら泣きかねないんだが。

「大丈夫だ。地下室つくりの知識ならモグランがいる」

「ははっ！　このモグラン、身命を賭《と》して地下室をつくりあげる所存です！」

「なるほど、モグラならば知識はあるか。だが我らは穴を掘るのは……」

「いやできるだろ」

俺は吸血鬼たちを見回してからニヤリと笑った。

「変身能力でモグラになって地面を掘ればいい」

「な、なんと……我らにモグラになれとは」

「しかし確かに道理だな。変身と言えばコウモリか人に化けるかで、そのような選択肢は思い浮かばなかった」

「モグラになれば穴を掘ることも容易か」

吸血鬼たちは俺の案に乗り気のようだ。こういうのって案外思いつかないものなんだな。

コロンブスが卵を立たせるのに底を割るまで、誰もその方法を行わなかったという話があるが似たようなものだろうか。

「本来なら地下室つくりには時間がかかる！　だがここには労働者が十二人もいる！　吸血鬼という優秀な存在が十二人も一堂に会したのだ！　地下室をつくるくらい朝飯……いや晩飯前だ！　人に吸血鬼の力を見せつけるのだ！」

「いやしかし面倒……」

「働かないなら血抜きだぞ」

「我らの力、人に見せつけるのも悪くないか」

乗り気でなかった吸血鬼たちも、即座にやる気を出し始めた。

やはり血が吸えないのは嫌らしい。これから彼らを脅す時は血抜きにするぞと言うか。

「よし！　総員、モグラに変身せよ！」

俺は吠《ほ》えながら自らの姿を巨大なモグラに変えた。吸血鬼には変身能力があるのだから、これを応用しない手はない。

「「「「おおおぉぉぉぉぉ！！！！」」」」

他の吸血鬼たちもモグラへと変身していく！

「おおおおお」

イーリが何故か一緒に声を出していたが、当然ながら彼女は姿を変えない。なんとなく

『仕事をやってます感』をアピールしている奴みたいだな。

いや彼女だけではない。よく見たらサフィも吸血鬼の姿のままだ。

「ご、ごめんなさい……ちょっと調子が悪くて」

「我がサフィの分も働くゆえ、見学させてやってくれ」

サフィの言葉にベリルーが付け加える。いやそんな学校のプールみたいな……体調悪いなら仕方ないか。

「サフィ、気にしなくていいぞ。行くぞお前ら！　俺に続け！」

「「「「おおおおおおおぉぉぉぉぉ！」」」」

「ご主人様に遅れるな！　我ら栄光輝く眷属《シャイニング・ファミリアズ》、陸担当の腕のみせどころだ！」

俺が先陣切って両手で地面を掘り始めると、他の吸血鬼たちも同じように動き始めた。

さてここで吸血鬼の変身したモグラと、普通のモグラには大きな違いがある。吸血鬼変身モグラの方が純粋に大きい、しかも力が強いので掘削能力が段違いなのだ。

ましてやその吸血鬼の中でもさらに凄い俺ならば……もはや、土を進む魚雷のようだ！手で地面を掘っているというよりも、ドリルによる体当たりで掘り進んでいるような速度！

「はははは！　これならいくらでも掘れるし、土中なら事故もないから思う存分全力を出せ……」

「ごはぁっ⁉」

不幸にも他の吸血鬼の掘っていた穴とかち合ってしまって、フィジカルでぶっ飛ばしてしまった……。幸いにも聖なる力など纏《まと》っていなかったため、体当たりした吸血鬼は全身木っ端微塵《みじん》にはなったが、闇になってまた元に戻った。

「すまない。いや本当すまない」

「気を付けてくれ！　というかよくそこまで速く掘り進めるな⁉」

そしてもう少し安全運転で、他の吸血鬼と協力して地下室を掘り始めた。基本的には吸血鬼たちが大雑把に穴を掘って、細部をモグランが調整するといった形だ。他には周囲の地面を血でコーティングしたりと頑張った。

そうして高さ約三メートル、広さは小学校の体育館ほどの地下室が一晩で完成した。

地上へは土で階段を作り、耐久性を上げるために血コーティングした壁は赤色が薄気味悪く、おぞましさを醸し出している。あとはなぜか俺の姿をした土像が壁をくり抜いて掘られていたりと、モグランの謎の匠《たくみ》の技が光っている。

俺たちはそんな地下室に立っていた。

「素晴らしい……これほどの部屋、なかなかないぞ。あの土像さえなければ完璧だ」

「日が漏れる心配もなく真っ暗。さらには血の匂いまで漂ってくる……最高だ！　あの土像さえなければ」

「素晴らしい出来だな。あの土像壊してよいか？」

「なんですか！　ご主人様の像になんの問題が！」

モグランはピョンピョンと跳ねて吸血鬼たちに反論し始める。いやそりゃね、寝床に他人の像あったら嫌だと思うぞ。あとで説得して崩させよう。

「さ、サフィもよいと思います……手伝えなくてごめんなさい……」

ともかく像を差し置けば吸血鬼たちはこの部屋を絶賛している。

彼らからすれば血壁の部屋は、フローラルというか血生臭くてよい匂いなのだろう。

「さすがの私もここに住んだら発狂しそう」

対してイーリは強烈な嫌悪感を隠していない。

うん、やはり人間と吸血鬼の感性の溝は深いようだ。これ埋めるのさすがに無理だから、諦めてこれからも掘り進めよう。

人と吸血鬼の共生と言っても、なにからなにまで合わせる必要はないのだから。

そうこうしているうちに、そろそろ夜明けだ。吸血鬼たちは夜までここで眠るらしい。外に置いていたマイ棺桶もしっかりと中に運び入れている。

地下室に棺桶が並んで眠る様子は、どう見ても寝床というより安置室の方が相応しい光景だ。

俺たちは地下室から出てしばらくすると、イーリが木の看板を地下室への階段の傍《かたわ》らに立てようとしていた。どこから用意してきたのだろうか。

「イーリ、その看板は？」

「吸血鬼、ここに眠る」

「確かに合ってるけど誤解招くからやめなさい」

「地下にダメなら地上にリュウト様の土像つくってもよいですか!?」

「モグラン、それもやめときなさい」

なんで余計なものを立てようとするんだこいつら……。

「おっといけない。今の間にやっておかないとダメなことがあったんだった」

俺は再び地下室への階段を下り始める。

「なにをするの？」

イーリがちょこちょこと俺の後ろをついてくる。

「ちょっと吸血鬼を脅しにな。厳しく言っただけだと、村人を襲いかねない。飴《あめ》だけでなくて鞭《むち》を与えないとな。悪いことをすればどうなるか事前に見せる」

吸血鬼は人を襲うことに罪悪感を持たない。つまり、どれだけ口で言い含めても、ついうっかりでやらかす。

だがついうっかりで村人を襲われたら、いままでの俺の頑張りはパー。絶対に阻止しなくてはならない。

もはや彼らにとって吸血は本能レベルのことなので、止めさせるには本能を抑え込むほどの感情が必要だ。そのために今回は恐怖を植え付ける。

悪い事したら、酷い目に遭うと。

「吸血鬼に鞭って効果あるの？　怖くないと思う」

「鞭はあくまで比喩だ。まあ見ておけって」

こうして俺は地下室に入って、吸血鬼たちをとある方法で軽く脅した。すると……。

「「「ぜ、絶対に人を襲いません！」」」

吸血鬼たちは先ほどとは違って、真剣に俺の言葉を聞いてくれた。やはり鞭は必要だな、うん。

「リュウトって吸血鬼？」

「疑問形やめろ。まだまだ練習が必要そうだけどな」

俺はイーリに軽く返す。

吸血鬼たちには地下室の拡大をお願いしておいたので、地道にやってくれると信じている。

今後も吸血鬼は増えるだろうから、もっと大勢住めるようにする必要がある。地下室をどんどん増築？　してほしいのだ。

いずれは吸血鬼地下大帝国に……は夢見すぎか。

サボってたら今回みたいにお灸《きゅう》を据えよう。


「……おやおやまだ生き残りがいましたか」

私《アリエス》は燃え盛る村の中を必死に逃げようとしたが、すぐにこけて捕まってしまった。

近くには両親が干からびて死んでいる。弟も、知り合いのオジサンやお兄さんも血まみれで倒れている。

私の目の前で笑っている少女が皆を殺したのだ……！

少女は銀色の髪のツインテールを揺らして、私に顔を向けてきた。

「どうやら最後の生き残りが貴方のようですね。命の危機を前にもがく人間はやはり美しい……だから私は人間が大好きなのです。あはは……！」

吸血鬼の少女は大きく口を開き、私のそばまでなぶるようにゆっくりと歩いてきた。鋭く尖《とが》った耳がピクピク動き、犬歯がきらりと光った。殺される……！

だがその瞬間、吸血鬼の足元に矢が刺さる。

「吸血鬼！　この神聖弓手《セインター》のグラガンチェが来たからには、お前の好きにはさせぬぞ！」

声の方を見る。輝く綺麗《きれい》な鎧を着た、格好いいお兄さんが、弓に矢をつがえて吸血鬼を狙っていた。

「おっと、どうやら凄腕の吸血鬼狩りが来たようですね。これでは退散するしかありませんね。よかったですね、吸血鬼狩りに感謝しておきなさい」

吸血鬼の少女は吸血鬼狩りが来たと強調するように話し、さらに楽しそうに言葉を続ける。

「それと名乗っておきましょう、私はサイディールと申します。すべてを奪った吸血鬼の名くらいは知りたいでしょう？　きききききき、あはははははは！」

少女は吸血鬼と強調して、明らかに余裕を持ちながら愉悦そうに笑った。そしてゆっくりと炎の中へと入って去っていく。

「大丈夫か！　君！」

吸血鬼狩りのお兄さんが私に近づいてくる。

「あいつ、追って……みんな、ころし……」

「君の安全が最優先だろう！」

お兄さんは逃げた吸血鬼を気にせず、私のもとへ駆け寄ってくる。

だけど私は対抗手段もないのに、炎に向けて腕を伸ばそうとして――

「待てっ！　逃がさな……あ、夢……か」

周囲を確認するとここは貸りてるイーリさんの家だ。どうやら聖水を徹夜で作っていて、そのまま寝落ちしてしまったらしい。

「はぁ……またか」

馬桶《うまおけ》に入った水が聖水になっているのを確認し、瓶へと詰めながらため息をつく。

またあの時の夢を見てしまっていた。何度も見ているのに、また夢が現実だと思ってしまうとは情けない。

でも……この夢のおかげで、私は吸血鬼狩りのやる気が湧いてくる。

今の私はもう助けられる者じゃなくて、吸血鬼狩りギルドに所属する救う者なのだから。

あの時助けてもらったお兄さんのように、私も吸血鬼狩りになって同じように人を助けるんだ。

「……見てなさい。今日こそ殺してやる……！　サイディールも、吸血鬼も人の敵なのよ……！」


俺が村を訪れてから三カ月、領主軍を追い払ってから二カ月が経つ。

その間は特に何事もなく平和だった。毎日アリエスを広場で倒して、魔物を狩って、肉を村に配る繰り返しだ。

平和なのはよい、だが問題が出始めていた。

「今度こそ……やあっ！」

考え事をしていると、アリエスが叫びながら突撃してくる。

ここは村の広場で、今は正午だ。いつものように彼女と決闘していた。

「おおっ！　アリエスちゃん、自らに聖水をぶっかけて捨て身の突撃だべ！」

「でも吸血鬼様がアリエスちゃんの頭を摑《つか》んで、軽くいなしてしまったなぁ」

「こりゃ勝負ありだな。さて仕事に戻るか」

周囲の観客と化した村人たちが、立ち上がって農作業へと戻っていく。

もうこの決闘は休憩時間開始の合図みたいにされている。娯楽が少ない村だから騒げるならなんでもよいのだろう。

「このっ、このっ！」

アリエスは頭を摑まれながらも銀剣を俺に叩きつけてくる。だが悲しいかな、少女の非力な腕で振るわれた銀などノーダメだ。

空いてる右手で頬をポリポリとかく。これどうするかなぁ……。

「弱ったな。摑んでおいてなんだがこれどうしよ……投げ飛ばしたら怪我《けが》しそうだし。降参しない？」

「馬鹿に、してっ……！」

アリエスは物凄く悔しそうな顔で俺を睨んできた。だが、秘策が通用しない時点で俺に勝てるビジョンがないためか、わりとあっさりと降参を受け入れてくれる。

「………なんで勝てないのよ。吸血鬼はすべて滅ぼすって決めたのにっ……！」

ポロポロと涙を流し始めるアリエス。弱ったなどうしよう。

「どうしてそんなに吸血鬼を目の仇《かたき》にするんだ？　そこらの吸血鬼狩りと比べても執念が違いすぎるぞ」

吸血鬼狩りは結構ドライなので、命を懸けてまで吸血鬼を殺すことはしない。彼らも結局は傭兵《ようへい》と同じで金を稼ぐため、自分たちが生活するために吸血鬼を討伐しているのだ。討伐しようとして死んでしまったら本末転倒だからな。

それに比べてアリエスは異常だ。命を懸けて俺から村人を逃がそうとするし、給与も出ないのにこの村に残っている。

彼女は俺を強く睨んできたあとに。

「私の父も母も！　住んでいた村の皆も、すべて貴方たち吸血鬼が殺したのよ！」

「それはなんというか……」

気の毒すぎて下手になにも言えないなこれ……そう思っているとアリエスは俺に憎むような視線をぶつけてきた。

「っ……！　なにを他人ごとみたいに！　貴方たち吸血鬼のせいで私は全部奪われた！

気の毒だと思うなら殺されなさいよっ！　人と仲良くするならまずは罪を償え！」

彼女からすれば俺は仇みたいなものなのだろう。言いたいことは分かる。

だがなぁ……それははっきり言って、俺からすれば理不尽すぎる。

「……うーん、そう言われても困る。悪いが俺にはまったく責任のない話だ」

「ふ、ふざけるな！　あなたたち吸血鬼のせいで！　私のすべてが奪われたのに！」

アリエスは、怒りに狂っているかのような酷い形相で俺を睨みつける。だが、ここで否定しておかなければならない。

説教とか嫌いだけど仕方ない。彼女は酷い勘違いをしているのだから。

「ならまずはアリエス。お前はこの村の住人すべてに対して、首を差し出して謝れ」

「……………は？　い、意味の分からないことを！」

「盗賊がこの村を襲ったんだ。だから同じ人間であるお前が責任を取れ」

「ふざけないで！　同じ人間だからってなんなのよ！　関係ないわ！」

意味不明なことを言われたと思ったのか、激怒して叫ぶアリエス。

そんな彼女の怒りに冷や水をかけるように、俺は冷たく言い放つことにした。

「そうだ、関係ない話だな。お前が俺に言ったのはそういうことだぞ」

「…………え？」

アリエスは虚を突かれたようにポカンとした表情を浮かべる。

彼女の境遇に同情はするが、ここで言わないと俺が理不尽に仇にされかねないからな……。

「家族でもない吸血鬼のことなんて知らん。俺からすれば赤の他鬼だ。吸血鬼だからってすべてひとくくりにして考えるなよ」

アリエスの思考は分かる。敵国の兵士に親が殺されたから、敵国の人間全部を恨むようなもの。だがそれを吸血鬼という極めて広範囲でやられてはたまらないのだ。

「な、なにを……！　私は」

「別にいまここで納得する必要もない。それよりも嫌な話をして悪かったな。お詫《わ》びにこれをやる。俺の大好物だ」

懐から小瓶を取り出してアリエスに渡す。

「血なんているかっ！　ってなにこれ？　赤くなくて黄色い……ま、まさか人間をドロドロに溶かした液体とか……！」

「違う、ハチミツだ」

「な、なんで吸血鬼がハチミツを飲むのよ！　血を飲みなさいよ！」

「別にいいだろ、好きなんだから。そういうわけだからじゃあな」

これ以上話してもロクなことはないだろう。俺はさっさと全力で逃げることにした。

「ちょ、ちょっと待ちなさいよ!?」

「ははは！　吸血鬼の脚力に追いつけるものかよ！」

アリエスに脚の違いを見せつけて逃げ去るのだった。


私は渡された小瓶を手にしながら、吸血鬼が逃げて行った方向を睨んでいた。

わけが分からない、私にとって吸血鬼はすべて仇だった。父と母に弟、それに村の友達や知り合いを全員殺した仇。

今回もいつものように一撃で、人にあだなす吸血鬼を処理するはずだったのに。あの吸血鬼はまるで違った。

私の聖なる力がまったく効かない。まるで子供のようにあしらわれてしまっている。挙げ句の果てに村に滞在させられて、毎日殺す機会を与える奇怪すぎる奴。しかも村での様子がなおおかしい。

吸血鬼は人を襲うはずなのに、まったく村人を襲おうとしない。血も牙で吸わずに魔法で採血して、取っておいて毎日少しずつ飲んでいる。なんというかおぞましく人間くさいのだ。

「……いいえ。吸血鬼は悪よ。人間に害をなす存在。だから私のやってることは正しい……！」

「ねぇねぇお姉ちゃん」

自分に言い聞かせるように呟いていると、後ろから幼い声がした。振り向くと幼い少女が不思議そうな顔で私を見てくる。確かメルちゃんという娘《こ》だ。

この娘が以前にあの吸血鬼を隠れて睨んでいるのを使い魔を通して見た記憶がある。

「……どうしたのかしら？　あ、怖い吸血鬼を早く退治してってことかな？　それならお姉ちゃんに任せて。すぐに……」

あのときの吸血鬼に怯える目を思い出せば、モタモタしている私になにか言いたくなるのも当然だろう。その言葉は甘んじて受けて、頑張ってあの吸血鬼を退治する……！

だが少女は小さく首を横に振った。

「吸血鬼さん、いい人なのになんで退治するの？」

「…………え？」

少女のあまりに予想外の発言に私は言葉を失った。

「な、なにを言うの？　吸血鬼がいい人なわけないでしょ？　人間の血をすする化け物よ？　それに、そもそも人でなしというか、鬼というか」

「だって村を守ってくれたもん。領主様はなにもしてくれなかったのに。それに、あの吸血鬼さんが来てからいっぱい食べられるようになったし、私も助けてもらえたし優しいよ？」

私は少女の両肩を摑んで、言い聞かせることにした。

「いい？　よく聞いて。吸血鬼は人を襲う怪物なの。絶対に悪い奴で、駆除しないとダメなの。そうじゃないとこの村も滅ぼされて……」

この少女は騙《だま》されている、あの人の皮を被ったみたいな吸血鬼に。だから私がちゃんと諭さないと……。

「村を滅ぼそうとしたのは盗賊で、守ってくれたのは吸血鬼さんなのに？」

「それは裏があるのよ。きっとこのあとに牙を剝《む》いて、村の人たちの血を吸うつもりなの」

吸血鬼は狡猾《こうかつ》だ。人に化けて騙し討ちだってするのだから。だからあの吸血鬼が村人を守っているのもなにか狙いがある。あるに決まっている。

なければおかしい。だって吸血鬼は悪で、私の村を滅ぼしたクズで……！

「でもそれならおうちを直してくれないと思うけど」

「む、村人が逃げないようにするためよ。この村の居心地をよくして、人の血を吸い続けるために……！」

あの吸血鬼は卑劣なのだ。もし村人を殺してしまったらもう血は吸えないが、生かしておけばずっと吸い続けられる。そうやって生き血をすすっていく外道で……！

「それって領主様が税を取るのと一緒じゃないの？」

私は少しの間、あっけにとられてしまった。震える口をなんとか動かす。

「……え？　い、いやあの違……だって血と麦は違うでしょ？」

なんとか言い訳を考えようとしてまとまらない。

「違うけど……吸血鬼さん、血をあんまりとらないよ？　領主様はすごーく麦持って行って、いつもお父さんとお母さんが辛《つら》そうな顔してた。吸血鬼さんの方がやさしい！」

「違う！　吸血鬼が優しいわけないでしょ!!」

もはや理屈で話せなくなった私は、幼い少女に向けて必死に叫んでしまった。

メルちゃんは怯えるように私から距離をとって。

「お姉ちゃん嫌い……」

そう言い残して逃げていってしまった。その背中を見ながら私は思わず視線を下に向けてしまう。

「なんなのよ……普通に人を襲って血を吸いなさいよ……。そうじゃないと、私がなにをやってるか分からないいじゃない……」

自分がものすごく醜い存在に思えてくる。

吸血鬼狩りギルドに提出するための、この村の報告書はなんて書けばいいの……吸血鬼が人と良好な関係を築いていています？

そんなの書けるわけ……いや、この悩みをすべて記載して伝えよう。ギルドならきっと正しい判断をしてくれるはずだ。

少しがめついところはあれども、吸血鬼から人を救う正義のギルド。私を助けてくれたギルドなのだから。


アリエスにちょっと強く言ってから二日後の正午。

彼女はこの二日間も、義務的に森の広場で俺と戦っていた。だが明らかに集中できておらず表情も暗い。

「……負けたわ」

突っ込んできたアリエスの足をひっかけて転ばせる。彼女は悔しがるでもなく淡々と告げると、すぐに立ち上がって去っていった。

「なんかアリエスちゃん暗くね？」

「昨日もだけど様子おかしいよな？　というか新ネタもないし、見てたら俺らも暗くなってくるなぁ」

「しばらく見ない方がいいかもな。これだとアリエスちゃんも見世物にされるのは辛いだろうし」

彼女の陰鬱《いんうつ》な様子が周囲にも伝わっているようで、見物していた村人たちも不満気だ。これまでのアリエスは勝てるかはともかく必死に戦っていた。だから観客たちも頑張りを応援する意味でも見守っていたのだ。

いまの彼女にはそれがない。必死に頑張っていない者が蹂躙《じゅうりん》されるのは、見ていて面白いものでも心躍るものでもない。応援する気持ちも出ないのだろう。

なお別にアリエスは彼らを楽しませるつもりだったわけではない。それでも当人の彼女が嫌がっている素振りはなかったので、見世物として成り立っていただけだ。

俺も演者みたいになっていたが、村人の娯楽になるから気にしてない。彼女の敵である俺が励ましても逆効果だろうから、特にやれることもないので心の中で応援することにする。

「俺が言える立場か怪しいが元気出してくれたらいいんだがなぁ……さてと今日も取りに行くか」

「ハチミツ待っていた」

呟くと同時にイーリがこちらに走ってきた。

おかしい俺は取りに行くとしか言っていない。ハチミツを採りに行くだなんて一言も話していないのに……。

「いや今日は森に狩りをしに行くだけで……」

「違う。いまのリュウトの目は獲物を狩る目だった。つまりハチミツ」

「獣を狩りに行くのでもまちがってないと思うが？　というかそちらの方が正しいのでは？」

「本気度が違う。あの目は心底求めているモノ、つまりハチミツ」

イーリは右目の眼帯を外して、黄金に輝く目を見せながら告げてくる。

「はぁ……仕方ない。言っておくけど今日は交渉に行くから失礼な態度は取るなよ」

「大丈夫、元から持ち合わせる礼儀はない。ところで交渉？」

首をかしげるイーリ。

「そうだ。俺は考えたんだ、村の外貨を稼ぐ手段をな。領主と対立しているこの状況では、周辺の村も普通の麦など買ってくれはしないだろう」

「それはそう」

「だがすごく貴重で価値のあるものなら話は別だ。違法ルート、つまり俺たちの村と交渉しても欲《ほっ》するかもしれない。つまり我が村の特産品としてハチミツを作る！　養蜂《ようほう》だ！

そのために蜂と交渉するんだ！」

「蜂と交渉……やけっ蜂になった？」

「誰がうまいこと言えと。それより行くぞ、お前も愛想笑いくらいはしろよ」

「偽りの愛は振りまかない主義」

俺たちは森の中へと入っていく。そして蜂の巣を探し始めた。

営業は足だ。俺が契約している蜂の巣はひとつしかないが、養蜂するなら複数の巣が欲しいからな。

「蜂の巣って探すの大変なんだよな。なんだかんだであまり見つからないし」

「この魔眼をもってすれば容易。あまり使いたくなかったこともなかったが」

「結構見せびらかしてくるよなお前」

イーリが右目の眼帯を外して、目を光らせて周囲を確認し続けている。

「ところでその魔眼ってかなり強そうだけど、村を襲ってきた盗賊を倒せなかったのか？人を操ったり幻覚見せたり、それこそ魔眼の力で地割れを起こしたりもできそうだが」

「無理。この魔眼、一度まともに使うだけで数カ月は失明して使用不能になる。盗賊全滅はできない」

「使い勝手悪いな……」

「それより見つけた。こっち」

イーリが手招いてくるので、彼女について少し歩くと木の下に到着した。

「あれ」

彼女の指さした先。木の幹の少し高いところに蜂の巣があった……丸く形で外から巣穴が見えていて、少し灰色っぽいやつが。

「イーリ、すぐにここを離れるんだ。足音を立てずに、いますぐに」

「なんで？　あっ」

イーリは木の根にひっかかってこけてしまい、その拍子に木にぶつかってしまう。その瞬間、巣から虫にしては大柄な生き物が多数飛び出してくる。

薄暗い森のなかであっても吸血鬼の優れた視力だからこそ、その正体がはっきりと見えてしまう。見ただけで恐ろしいと感じるフォルム、人を本能的に恐怖させるような黒と黄色のコントラスト。さらに鋭利な牙に丸みを帯びながら徐々に先端が尖っていく尻……。

地球にも存在するモンスター、スズメバチが大量に出現した！

「出た、ほら交渉」

「あいつらハチミツ出さないの！　というか巣を攻撃されたと思って怒りで我を忘れてて交渉無理だ。逃げるぞ!!」

「戦わないの？　吸血鬼なら勝てるでしょ」

「勝てるかどうかじゃなくて！　なんか生理的に無理！」

「誘拐される～」

イーリを抱きかかえて急いで逃げ出した。吸血鬼自慢の脚力によって無事にスズメバチを撒《ま》くことができたようだ。この体なら戦えば無傷で勝てるのだろうが、それはそれとして戦いたいかは別だ。イーリもいるしな。

ほら、人間だって負ける要素がなくてもゴキブリ相手にしたくないじゃん。もはや攻撃すらしたくないんだよ。オオスズメバチをつぶすところ想像してくれ……鳥肌立つだろ。

非常時でもなければ逃げの一択だ。

「せっかく蜂を見つけたのに」

「ハチミツ出す蜂！　ミツバチを探してくれ！　平たい感じの巣！　あんな魔物より魔物してる虫じゃなくて！」

「我が儘《まま》。あっち」

イーリが指さした方向、今度は遠目から吸血鬼の視力でちゃんと目視して確認する。またスズメバチが出てくるのは嫌だし……少し大きな岩の間にミツバチの巣らしきものがある。

「よくやった。あとは俺に任せろ」

俺はゆっくりと岩の間に近づいていく。二メートルくらいまで近づいてから——

「俺は吸血鬼だ。お前たちと交渉したいことがある」

俺の声に応じるように蜂たちが巣から出てきて、周囲をぶんぶんと飛び始めた。

「実はな、このたび俺は養蜂を行うことにしたんだ」

「ぶーん」

「そうそう、人間がたまにやってるやつ。それでお前たちも村の近くに巣を引っ越して、蜜を分けてほしいんだ。代わりに俺が守ってやるから。もちろん労働環境も考えている。いずれは周囲に花を植えて、楽に蜜を集められるようにする」

「ぶーんぶーん」

「採る蜜の量は交渉次第だが、お前たちが生きるのに支障が出ない量にとどめるつもりだ」

俺の言葉にミツバチたちは8の字を描いて飛び始めた。交渉成立！　まずは一軒目の新規契約ゲットだぜ！

「よし。この調子でさらに突撃訪問するぞ！」

「おー。次はあっち」

「どれどれ……ってあれはアシナガバチの巣だっての！」

「違いあんまり分からない」


俺たちは五軒の巣と養蜂契約を結び、村の近くに養蜂場を作ることになった。

すぐにハチの巣を木ごと運んだりして、速やかに蜂様のＶＩＰ待遇場を作成した。そして蜂たちから食用の巣を作ってもらって、崩してハチミツを舐める！

「甘い！　もっと早く養蜂してればよかった！」

「ペロペロ。村の皆には侵入不可と言っておく。ここは私とリュウトだけの場所」

「いやサラッとお前入ろうとするな。俺以外立ち入り禁止だ！　そもそもお前だけで巣に近づいたら蜂が襲ってくるぞ。刺されて痛い目を見たくないだろ」

ところで俺は蜂と契約を結んだだけだが、これも養蜂と言うのだろうか？

蜂を雇って働かせて甘い蜜を吸っているだけのような……雇蜂？　まあいいか。


ドラクル村の東隣の村、そのそばにある森。そこでは貴族のような装いの少女が、ブツブツと呟いていた。

「困りますね、吸血鬼と人間の共生などされては。私の望みとは合致しません。ギルドは不干渉と命じてきましたが私の信義に反する」

少女は地面に巨大な魔法陣を描き、そこに手をそえている。

「出《い》でよ我が眷属。風の奏者たるドラゴンよ」

魔法陣がバチバチと輝いて、巨大な翼を持った全長十メートルを超えるドラゴンが出現した。全身は緑色の硬い鱗《うろこ》に覆われおり、月明かりに照らされて鱗が輝いて見えた。

その名はウィンドラゴニア。出没すれば天変地異と同等の混乱と破壊をもたらす、恐ろしいドラゴンであった。

「ドラアァァァァァ！」

「よしよし、人間の村を襲ってください。おっと、人を殺してはなりませんよ。無駄な血を流したくはないのです」

少女は紳士的な笑みを浮かべた。

対してドラゴンは鬱陶《うっとう》しそうに唸《うな》り、不服な態度を見せる。少女はニコニコと微笑《ほほえ》み、優しくドラゴンを撫《な》でた。

「風で吹き飛ばすなどで殺してもダメですよ？　あとで私が、すべて吸血する予定なのですから」

少女はニィと怪しく笑みを浮かべる。その口元には鋭利な犬歯を覗かせていた。


「…………」

「アリエス、もうやめておけよ」

「…………うるさい」

村の広場では、今日も俺とアリエスが相対して戦っていた。

彼女はすごく暗い顔をしながら剣を構えて俺に仕掛けてくる。俺はアリエスの足をひっかけて転ばせた。

「………………」

彼女は起き上がろうともせずに黙ったまま地面にうつ伏せている。村人たちだってもう誰も見ていなかった。

俺が以前に告げたことが効き過ぎたようだ。かといって、吸血鬼である俺が慰めの言葉をかけるのも違うしなぁ……どうしたものか。

「た、大変です！　村長！」

悩んでいると元村長が全力で走ってきた。相変わらず杖を振り回しているが、本当はそれ飾りなの？　いや、何かあった時の転ばぬ先の杖みたいな？

「おわっ!?　いたた……なんじゃこの伸びた草のツルは……」

しかも転んでるし……転ばぬ先ですらない。ちなみに、元村長がつまずいたツルだけでなく、広場の一部だけ妙に雑草が生え伸びていた。

本来、この広場は土が剝《む》き出しの状態だった。だが、俺とアリエスがいつも戦っている、半径四メートルくらいの円も雑草と同じく草が生えて芝生になっている。

その理由は、広場がアリエスの聖魔法の光を浴びたせいで、植物が異常な速度で成長しているのだ。聖魔法の光は太陽の力を凝縮したものらしく、通常の日の光よりも植物を成長させる力が強いらしい。

彼女の類いまれなる強力な聖魔法の余波を受けたようだ。たぶんそこらの並の人間の聖魔法では、出力不足で大した成長促進は期待できなさそう。

元村長は元気に立ち上がると俺の元へと走ってきた。

「村長大変です！　隣村の者が逃げ込んできました！」

「逃げ出してきた？　どういうことだ？」

「そ、それが……ドラゴンに襲われたと」

「ほう？　じゃあ少し話を聞くとするか」

ドラゴン。ファンタジー世界では王道的な魔物だが、この世界にもしっかりと存在している。俺もこの世界に来て最初に見たしな。強さは個体によってピンキリだ。

元村長に案内されて村の入り口につくと、数人の男が息を切らせて休んでいた。俺が犬歯を見せながらスマイルすると彼らはビクリと怯えだす。

「吸血鬼……！　噂は本当だったのか……!?　いや、でも昼に出歩けるわけがない！　さては付け牙……！」

付け牙ってなんだよ、付け髭《ひげ》みたいに言うな。

領主軍を撃退したことで、俺の想定通りに噂が広まっているようだ。吸血鬼の住む村なんて悪評ではあるが、知られていないよりは幾分マシだ。

例えば商品を売るにしても、最初に視界に入れてもらわないと話にならない。そもそも買われる選択肢が出てこないから。

「そうだ、俺は吸血鬼だ。それで、どうしてお前たちは逃げてきたんだ？」

「……じ、実は村がウィンドドラゴニアに襲われました。それからドラゴンは村にずっと居座って……な、なんとか退治したいのですが、領主様に要請しても無視で……。あわよくば吸血鬼様にお願いできないかと……」

つまりはダメ元で俺を頼ってきたと。

やはり噂を広めて正解だったな。俺の存在を知らないと出てこない選択肢だったのだからら。

「ウィンドドラゴニアねぇ……えーっと」

俺は懐から日記を取り出してペラペラとページをめくっていく。お、見つけた。

「なんて書いてるの？」

いつの間にか現れたイーリが尋ねてくる。また騒ぎを聞きつけて出てきたな……。

「ウィンドドラゴニアは強力な風を操るドラゴン。人の間では街を滅ぼした災害として、伝説にもなっている存在らしい」

他にもいろいろと書いてあるが、その肉が美味しいという記載に目を奪われた。

ドラゴンの肉が美味《うま》い……食ってみたい。ファンタジーと言えばドラゴン、ドラゴンと言えばファンタジーだ。

そんな肉が美味しいと聞いて、食べたくない人間がいるだろうか？　いやいない！

あ、ゴブリンの肉は不味《まず》そうなのでいらない。魔物にも格というものがあるので……。

「そんなのなんで急に出てきたの？」

「ドラゴンだから他所《よそ》から大移動してきたとかじゃないのか？　もしくはブラリひとり旅とか。まあいい、話を戻そう。お前たちはこのウィンドラゴニアを俺に退治してほしいわけだな？」

隣村から逃げてきた男たちに告げると、彼らはペコペコと頭を下げてきた。

「そ、その通りです……どうかお願いします……。このままだと村に住めなくて……」

「受けてもいいが条件がある」

俺の言葉に男の顔色が青くなった。

「じょ、条件……!?　まさか血を捧げろと……!?」

「鬼、鬼畜、冷血鬼」

「イーリうるさい。欲しがってるのは血じゃない」

俺の目的は金を稼ぐことだ。そのためには外と商売をしなければならない。

だが現状ではこの村は領地のお尋ね者なため、どこも取引をしてくれないのだ。つまり取引の仲介業者が欲しい。

「お前たちが、俺たちの村でできた物を他所《よそ》で売ってこい。それが条件だ」

なら他の村を介して商売すればいいじゃない。

幸いにも我が村にはハチミツがある。隣村を通して売れば金になるはずだ、甘味は偉大。

「そ、それだけですか？　血は？」

「ひとまず不要だ、じゃあさっさと案内しろ」

「え？　い、いますぐですか？　相手は国が軍を出すレベルの魔物です。念入りな準備とか……」

「いらん、それより早く倒さないと困るんだよ。万が一この村に近づかれるとな」

養蜂場がダメージ受けるのは絶対許せない。俺の魂の娯楽を傷つける奴は、さっさとつぶしておくに限る……！

ぶっちゃけ、ドラゴンはどちらにしても倒す必要があるし、その流れで商売の権利を得られるのは丸儲《もう》けだ。


そうして俺は男に案内されて道を走っている最中だ。彼らは馬に乗っているが、俺は乗馬できないというか、自分で走った方が速いのでランニングしている。ついでにイーリを背負っている。

「速くしろ。遅いぞ」

俺は馬より前を走りながら後方にそう告げる。

「な、なんで馬より速いんですか……？」

「愛馬リュウト。少し遅く走る」

「だから誰が愛馬だ、誰が」

しばらく走っていると村が見え始めた。そこの中心の広場で大きなドラゴンが立って咆《ほう》哮《こう》をあげていた。

それだけで空気が震えるのが伝わってくる。

「あれがウィンドドラゴニアか、でかいな」

立ち止まってイーリを降ろし、ドラゴンを見据えて呟く。硬そうな鱗に鋭い牙や爪。伝説になったと言うだけはあるようだ。

「へ、へい！　伝説のドラゴンで、翼を一振りするだけで竜巻を起こす怪物です！　さらに鱗は鉄をも通さぬ硬度で、炎まで吐く天災！　ここは迂《う》闊《かつ》に手を出さずに不意打ちで急所を……」

「お前たちはここにいろ。ちょっと行ってくる」

「ちょっ!?　なんで正面から行くんでさぁ!?」

俺はウィンドラゴニアに正面から突っ込んでいく。

奴も俺に気づいて咆哮すると、炎のブレスを吐き出してきた。服が燃えると困るので走りつつ、軽く横に避《よ》けてウィンドラゴニアに肉薄する。

少しばかりミツバチみたいに交渉するか、と頭をよぎったが……

(説得して殺さない、という選択肢はないな。下手に逃がしてまた戻ってきたら困る。それにこいつは何者かの魔力を纏ってる。つまり他の奴の眷属だから無理そうだし)

肉薄した勢いのままにドラゴンの首に手刀を入れる。すると、ハムでも切るかのように、ウィンドラゴニアの首がスッパリと切断された。ドラゴンの大きな首が地面にズシンと落ちて、時間差で首無しになった体も倒れる。

「逃がさん！　血よ、凝固せよ！」

俺は即座にドラゴンの首無し胴体の切断面に向かって手をかざし、血を固めた。どうやら成功したようだ。

「う、嘘《うそ》だろ。天災レベルの魔物が一撃って……」

俺を案内した村人が茫然《ぼうぜん》と首無しウィンドラゴニアを見ている。だが俺としては予定通りだ。

「なんで血を固めたの？」

イーリがとてとてと近づいてきたので、俺はニヤリと笑みを浮かべた。

「実は日記に書いてあったんだが、こいつの血や肉は美味しいらしい。だから腐らないように血を出さず、血魔法で体内に循環させている」

俺の想定では血が循環していれば疑似的に生きている状態になるはずだ。血が動く時に熱も発するしなんとか……ならなくて腐る可能性もあるが、その時は諦めることにする。

というか俺は吸血鬼だから多少腐った肉でも食えるだろ。熟成肉みたいなノリで。

なにがあっても死んだり病院送りになったりしない体は、なんとも気が楽でいいなぁ！

「便利」

「よし帰ってドラゴンステーキだ！」

「こないだのニンニク使う？」

「使う！」

ちなみに日記には『ウィンドラゴニアは弱いわりに美味』と書いてあった。強い吸血鬼からしたらあいつは大きなトカゲくらいのノリだったようだ。

いやあ楽しみだなぁ！　しばらくは美味しい肉が食えそうだ！

ところで……さっきからドラクル村の上空を飛んでる鳥、たぶんあれも使い魔だよなぁ。

とりあえず石投げとこ。

ドラクル村の遥か上空を鳥が飛んでいた。その目を通じて村の様子を見ている者がいる。

「へぇ……いいですね。美しい村です。なにより危機に晒《さら》されながら生きる人間は美しい……塵芥《ちりあくた》のように吹き飛ばしてやる」

少女は言葉を吐き捨てた。

「さて次は私が直々《じきじき》に……ぐっ!?」

少女は顔をしかめて小さな悲鳴をあげる。

鳥が投げられた石に落とされたことで、目を通じていた彼女もわずかに驚いたのだ。だがまた愉悦そうに笑いだす。

「ききき、まさか私の使い魔に気づき、目視ギリギリの場所に石を投げつけるとは。念のために同胞を呼びますか」

さらに少女は思考を巡らせる。

「あとは銀の聖女殿に邪魔されないように……おっと、これは利用できそう」

サイディールはアリエスが書いた村の報告書を見ながら笑っていた。

シルバリア王国から少し離れた他国。そのとある村。

そこでは人の死体が大量に倒れており、そしてその死体の腕や足を男たちがしゃぶっている。十一人のタキシードを着た、鋭い犬歯を持った男たち——吸血鬼だった。

その吸血鬼の中で特に大柄。クマにすら劣らぬ体つきの者が、肩に乗せた鳥と話している。

「ほう。襲っても吸血鬼狩りがやって来ない村？　そりゃいいナ。吸い放題じゃねぇカ」

男は獰猛《どうもう》な笑みを浮かべると、手に持っていた人の腕を放り投げた。

彼らはこの村を襲撃して、住民を一人残らず殺したのだ。

いや正確に言うなら住人だけではない。村を守るために呼ばれた五人の吸血鬼狩りもだ。

男がいま捨てた腕は、村人ではなく吸血鬼狩りのそれだった。

『ベアード、特級にも劣らぬ高次元の吸血鬼。そして貴方の引き連れる上級の優れた吸血鬼。いくつもの人の村を滅ぼした貴方たちにお願いしたいのです』

鳥からサイディールの声が出る。

ベアード率いる吸血鬼の群れは、他国で恐れられている存在だ。本来吸血鬼はあまり群れない、徒党を組むとしても弱い吸血鬼たちだ。

だがベアードたちは別。強い吸血鬼たちの集団だった。

吸血鬼狩り専門のギルドでも手に余るほどに、彼らは厄介な者たちだ。

「いいダロウ。ただし、全員殺すゾ」

『構いません。あ、ただ一人だけ、その村の住人でない吸血鬼狩りがいますが、その者だけは殺さないでいただきたい』

「なに？　吸血鬼狩りがいないと言ったではないカ！」

『安心してください。その吸血鬼狩りは無力化できる手段があります……ききき』

ベアードは少し不快な顔をしながらも、鼻息を鳴らした。

「まあいい。一人くらい楽勝ダ」

『ありがとうございます。それと、その村には人と共生などを目指す愚かな吸血鬼がいましてね……でも、恐れるに足らないでしょう？』

「バカナ奴もいたものだな。だが吸血鬼ならば問題ナイ。オデたち吸血鬼は、吸血鬼には殺せないからナ」

俺はドラゴンを両手で持ちあげて、そのまま村へと運びながら帰った。

ドラゴンの方が俺よりも数倍大きいが、吸血鬼の力ならば余裕で運搬できる。でも、両手がふさがるのでイーリは背負えないから、一緒に歩いて戻って来た。

道中で誰かとすれ違ったら度肝を抜かれそうな光景だったが、幸いにも誰とも出会わなかった。

そして村の広場につくと、ドラゴンの死体を慎重に地面に置く。

「ど、ドラゴン……」

「まじかよ、初めて見た……」

村人たちが集まって来る。さすがにこんな大きなドラゴン持って帰ってきたら騒ぎになるか。

ちょうどいい。ならこのまま……バーベキューとしゃれこむか！

「ドラゴンを獲ってきたぞ！　今日はこのままドラゴン肉を食うぞ！！！」

「な、なんだと!?　ドラゴンの肉を食べられるのか！　俺らが!?」

「長生きはするもんじゃのう……」

村人たちも歓喜の声をあげる。

「よし。じゃあドラゴンを切断するところからだな！　俺が大雑把に切るから、薄切りにするのは任せた！」

「任された」

イーリが服の腕をまくって親指を立てる。

「イーリちゃん！　私も手伝う！」

「ひとりじゃ難しいでしょ？　わたしらも手伝うわ」

さらにメルや村の主婦たちも、イーリのもとへとやって来た。よきかなよきかな、イーリは少し村の人と距離があるがここでうまく埋まれば……。

「我が包丁さばきについてこれるかな？　ドラゴンさばきに足手まといは不要」

イーリはいつの間にか持っていた包丁を構える。ダメだこの少女、距離を埋めるつもりがない。

「む、負けないよ！　いつも家事手伝ってるもん！」

「私はいつもリュウトのお世話を上から下までやってる」

「う、うえからした……？」

「おい、てきとうなこと言うな」

上から下ってなんだよ。主婦たちはイーリとメルのやり取りを見て笑っている。

俺はそんな様子を見ながらドラゴンを観察して……。

「えーっと。鱗をそいで雑に切ればいいよな？」

どうすればいいかイーリに聞くことにした。俺、料理できないしさばき方分からないし。

「それでいい」

「よっし！　じゃあ見ててくれ！　問題があったらすぐ指摘してくれよ！　俺はまじでドラゴンのさばき方とか分からないから、油断したらすぐに失敗するぞ！」

「自信満々に言うことじゃない。私が指示しよう」

俺もそう思う。料理できない奴が、初見のドラゴンさばきなんて無茶だから助かる。というかお前分かるのか⁉

ぶっちゃけ貴重なドラゴンの肉なので、下手な俺がやるよりもイーリに全任せしたい。でもドラゴンの解体は俺じゃないと難しそうだしな……。

こうして俺はドラゴンの解体を、手刀で行い始める。

「まず腕と足を切る。次に尻尾」

イーリの指示通りにドラゴンの腕と足を、手刀で切って落とす。次に尻尾も同じように切断する。

「鱗そいで」

切り落としたドラゴンの腕の鱗を、手刀で削《お》ぎおとしていく。

ちなみにこの鱗、一枚が刃のように鋭い。人間が同じことをしたら、下手しなくても指が切り落とされるだろう。

「次に……」

こうして俺はイーリの指示のもとに、ドラゴンの解体を完了した。あとは彼女らが切り分けた肉を、バーベキューのように外で切って焼いて調理していく。バーベキューコンロもすでに用意されていた。

だが俺だけは違う。

「よいしょっと」

俺は木を集めて焚《た》き火をつくっていた。すでに火だねを家から持ってきて燃やしている。

「くくく、一度やってみたかったんだ……！」

人の頭くらいのサイズに切断したドラゴンの尻尾。その両端には骨が少し突き出ていた！

その突き出た骨を手に取って、ドラゴンの尻尾肉を焚き火に近づけた。

「ドラゴン肉の焚き火焼き！　絶対うまいだろこれ！」

よくゲームとかで肉を焚き火で焼いてるの、すごく美味そうなんだよな……！　いままではやる機会がなくて、せいぜいガスコンロの火でマシュマロあぶったくらいだった。

でも今日！　俺は！　肉を焚き火で焼いている！

……地球でも一度くらい、ガスコンロの火で肉あぶってみてもよかったかも？　といまさら思ったり。

俺の肉だけ少し特別だが、これくらいは勘弁してほしい。狩ってきた者の特権だ。

「んー？　しかしどうすれば正解なんだろうか。俺、料理やらないからなぁ……火を直接肉に当てればいいのかな？」

その方が熱が通りそうだと、肉を火に近づけようとすると。

「ダメ。表面だけこげて、中が焼けない」

イーリが俺に声をかけてきた。手には包丁を持っているので、料理の途中に様子を見に来てくれたのかな。

ちょうどいいのでやり方を聞くか。

「じゃあどうやって焼くのが正解なんだ？」

「火から遠ざけて炙《あぶ》る」

「そうなのか。ありがと」

そうして俺は肉を炙り続ける。

「もうできたかな？」

「まだ」

「そろそろいいかな？」

「まだ」

「もうそろそろ」

「黙って焼け」

「はい……」

結局三十分くらいかかったが、ようやく焼くことに成功した。

その間にイーリたちの準備も終わったようで、広場にはいつの間にか木の机がいくつも並べてあり、その上に焼けた肉の串を盛った皿が大量にのっていた。

「あれ？　いつの間に……やばい、手伝ってない……」

「集中してたから」

イーリの呟きに主婦の人たちもうなずく。

「ドラゴンの肉を持って帰ってきた男に、他の支度なんてさせるわけにいかないですよ」

「むしろ肉の解体までしてもらって、こちらが申し訳ないくらいです。というかそこの男ども！　なにかしろ！」

主婦たちは机のそばに立っている村の男たちを睨み、男たちは気まずそうに目を逸らした。ああ、なにも手伝わなかったんだな……。

「お肉♪　お肉♪　ドラゴンのお肉♪」

メルがすごく機嫌よさそうに歌っている。そして皆がそわそわしながら、俺に視線を向けてきた。

ああ、なるほど。俺が号令かけるのを待っているのか。

なら……。

「肉が冷めるから話はなし！　今日は無礼講だ、祭りだ！」

俺は持っていたドラゴンの肉を掲げた。

「「「「おおおおお！」」」」

こうして突発的なドラゴン肉祭りが開催されたのだった。

各々《おのおの》が皿からドラゴン肉串を手に取って、パクパクと食べ始めた。

「う、うまっ……！　うまっ……！」

「こ、これがドラゴン肉……！」

みんなすごく幸せそうな顔をしている。いやこれ絶対美味いやつじゃん！

俺も急いで持っていたドラゴンテール肉にかぶりつく！

………う、うまい！　すごく柔らかくて脂も豊富で、しかも口の中で脂が溶ける！

「お塩いる？」

イーリが塩を盛った小皿を持ってきた。

「いる！」

俺は塩をかるくつまんで、ドラゴンテール肉に振りかける。そして食べる！　さらに美味い！！！

「もっと塩！」

「ダメ。村の備蓄が少ないから」

「そんなぁ……くっ！　やはり村を発展させないと、塩すら不足していてはどうにもならん！」

ドラゴン肉自体にも味があるから塩がなくても美味しい。だが塩を振りかけた方がもっと美味い。

しかも、吸血鬼なら塩分取り過ぎとか考えなくてよい。魚の化粧塩みたいに、塩かけまくった肉も食いたい……！　今後も頑張らないとな！

周囲を見渡すと村人たちが、ワイワイと幸せそうに手に串を持って祭りを楽しんでいた。すごくよい光景だ。

ふとそう思いながらテール肉を食べ続ける。もう肉がなくなってきて、大部分が骨だけになってしまった。

「本来ならばここからチミチミと、残った肉をかじっていく。だが吸血鬼ならば！」

俺は骨ごとバリバリと噛み砕く。よし、いける！

「ドラゴンの骨って、上等な鎧の素材だったような……」

村人からの声がする。さすがは吸血鬼の歯だな！

「我ら、栄光輝く眷属《シャイニング・ファミリアズ》！」

「ドラゴン肉をいただきに！」

「参上いたしました！」

「「お肉を地面に落としていただきたい！」」

モグランたちも祭りに参加してきたようで、机の近くにいる男に話しかけている。

彼らは動物なので、地面に肉が落ちても別に問題ないからな。むしろ机の上にあると食べづらいのだろう。

話しかけられた男は、モグランに視線を向けると。

「……モグラって美味いんだよな」

「ひいっ!?」

「やめたげてよぉ!?」

俺は眷属を守るため、悪魔のような男に立ちふさがる！

「あ、いや。冗談ですよ！　ドラゴン肉に比べればモグラなんてカスです！」

「それはそれでがーん!?」

モグラン、さらにダメージ。食べる気がないと伝えたいのだろうが、言い方があるだろ……。

「ほ、ほら。モグラン、お肉食べろお肉」

「は、はいっ！　いただきます！」

俺は皿と肉の串を手に取ると、肉を串から外し、皿に載せて地面に置いた。

モグランたちは落ちた肉に寄って食べ始めた。モグランは前足で器用に肉を持ってかじりつき、コロランは肉の上に乗って噛みつく。

ガンは肉の上にたかった。

あれ？　コウモリはともかく、モグラって肉食だっけ？　蛾《ガ》に至っては絶対違うような……まあいいか。俺の眷属だから食べられるんだろ。

「あ、そういえば村長。実は村近くの森が、広がってる気がするんですよ。それに、こないだ伐採した樹が生え変わってるような」

「なにか問題が起きているのか？」

「いえそういうわけではないですが……」

「なら気にするな」

村人の意見にくぎを刺しておく。森が広がっている原因は分かっている。もう少し場所を考えてやるか……？

「吸血鬼さん！　焼きニンニクいりませんか！」

そんなことを考えていると、後ろから声がする。振り向くとメルちゃんが、皿を持って近づいてきた。皿の上にはニンニクを切ったものが載っている。

「お、ありがと」

俺はそのうちのひとつを手に取って口に入れる。うん、ニンニク美味しい。

「今回はちゃんと料理してます！　あのときはごめんなさい！」

……あのときってどのときだ？　やばい、思い当たる節がない。かくなる上は……！

「ああ、あのときか！　いや全然気にしてないから大丈夫だ！」

「ほんと？　ありがとう、優しい吸血鬼さん！」

そう言い残してメルは去っていく。

少し罪悪感……謝られるようなことあったっけ……？　また頑張って思い出そう。

「リュウト。私の焼いた肉を食べて」

イーリが肉串を一本手渡してきたので、受け取って食べる。うん美味い。

「ありがと」

するとなぜかイーリの方がお礼を言ってきた。

「お礼を言うのは俺の方だろ。肉もらったんだから」

「そうじゃない。村のみんな、見たことないくらい楽しそう」

イーリは眼帯を外して、両目で周囲を見回した。

……そういえばこの少女は、自分のすべてを投げ捨てて俺に村を助けるよう求めてきたんだったな。

普段はおくびにも出さないが、この村への愛着があるのだろう。本当に普段は欠片《かけら》も出さないが。

「気にする……」

「イーリぃぃぃぃ！　すまぬぅぅぅぅぅ！　ワシが愚かじゃったあああぁぁぁっぁ!!」

俺の言葉を遮るように、元村長がこちらに走ってきた!?　しかも泣いている!?　なんだなんだ!?

「ワシは……！　ワシはゴミじゃ！　こんなに村を愛する少女をおおおぉぉぉぉ!?」

元村長は目に涙を浮かべて崩れている。まるで酔っ払いのようだが、酒なんて出ていないはず……。

「気にしてない。元村長のやったことは正しかった」

そんな元村長に対してイーリは淡々と告げる。

元村長の涙腺が完全に決壊して、号泣したあとに。

「イーリぃぃぃぃぃぃ！」

元村長はイーリに抱き着こうと飛び掛かった。だがイーリはそれを華麗に回避。

「失《う》せてエロじじい」

さらに追撃の毒舌。元村長の心にクリティカルヒット!?

「おおおおぉぉぉぉぉんんんんん!?」

「おじいちゃんには優しく!?」

元村長、泣き喚《わめ》いてどこかに走り去ってしまった……。

「悪は去った。話の続きして」

「追い払ったの間違いでは……」

元村長、不憫《ふびん》な扱いである。まあいいか……ご老人だしメンタルは大丈夫だろ。

えーっと元村長のエントリーで流れてしまった話は……イーリが村を助けたことにお礼を言ってきたんだったな。

「……お礼とか気にしなくていい。それに……みんなじゃないからな」

俺はとある箇所に視線を向ける。そこには木の陰に隠れた金髪の少女が、こちらを複雑な表情で睨んでいる光景だった。

「……俺はちょっと席を外すよ。アリエスに肉を持っていってやってくれ」

「心得た」

アリエスは俺がいると、絶対にこっちに来ないし肉も食べないだろう。

まだ心の壁は崩せそうにないが、こればかりはなかなか難しいだろうな。

だがふと思う。アリエスもいつか……いや地下にいる吸血鬼たちもだ。

人も吸血鬼も吸血鬼狩りも、一緒に祭りができたら楽しいだろうな。

俺は机に近づいて肉串を両手で八本、すべて指の間に挟んだ。そして広場からゆっくりと離れていく。

「はぁ……最初はシェザードに同情しての気持ちがほとんどだったが、心が体の影響を受けてるのか。それともあいつの思想に心の底から共感していっているのか……」

考えても分からないことを口にしながら、肉串をほおばるのだった。

あっ。串ごと噛み砕いてしまった!?　口に木の破片が……これ飲み込んで喉に刺さらないかな……!?

肉の骨なら噛んで飲んでもよいけど、魚の骨とか木の破片は鋭利になりやすいから……!

いや待て、吸血鬼なら刺さっても大丈夫じゃん!?　これからは魚の骨を気にしなくてよい!

あー……焼き魚も食べたいなぁ。日本にいたころはそんなに好きでもなかったが、食べられないとなると無性に食べたくなる……。

今度宴会をするときは、魚も用意したいな。

第8章
吸血鬼、来訪する

「あーうまかった……あんな肉は地球でもなかなかお目にかかれないぞ」

ドラゴンステーキ、じゃなくてウィンドラゴニアを討伐した翌日。俺は自宅で昨日食べたドラゴンステーキの味を思い出していた。

昨日は速攻で村にドラゴンを運んで持ち帰り、そのまま広場でバーベキューとしゃれこんだのだ。その時の肉がトロトロにやわらかくて、霜降りもすごくて、昔食べたブランド牛すら及ばないほど美味《うま》かった。

イーリの料理の腕がよいのもあって、焼き加減や添えてあったニンニクも最高だった。うますぎて他の肉をすべてマズく感じてしまいそうだったため、今後は大事な時にしか食べないと誓ったくらいだ。人間、贅沢《ぜいたく》を知るのはよくない。いや吸血鬼だけども。

そういえば昨日、遠くで見張っていた使い魔のカラスを岩で撃墜した。カラスなので、どうせ吸血鬼狩りギルドの手のものだろうな。

村の見張り役はアリエスだけではないということだ。

まあ、吸血鬼狩りギルドならば吸血鬼を狩るのが仕事だ。

俺個人にはともかく、村人には無害だろうし気にしないでいいか。しかし、肉美味かった……。

「お手紙」

「また食べたいなぁ」

「お手紙を？」

「そんなもの食べたことないんだが。サンキュー」

イーリから受けとった手紙を開くと、文面にはこう記載されていた。

『——今晩にワタクシが参りますわ。出迎えの準備をして、馳走《ちそう》を用意して待っておきなさい』

「イーリ。この手紙は誰から受け取った？」

「コウモリが運んできた」

「送り主は吸血鬼か。でもこれだと誰か分からんな……」

ワタクシって誰だよ、名乗ってくれ。

そもそも見ず知らずの奴《やつ》にご馳走を用意する理由もないので、手紙は無視しておくことにした。


その後、沈み切ったアリエスと決闘して、森の獣を狩って、と普段通り過ごした。そうして日が暮れた頃、空から馬車が飛んできて広場に降り立ったのだ。

俺はちょうど外にいて、すぐに馬車を発見することができたため広場に急行する。すると、馬車の中からまるでお姫様のような少女が降りてきた。

紫の髪を腰まで伸ばし、漆黒の闇のようなゴシックロリータなドレスを着こなしている。

それに歩く姿も優雅というか、そこらの貴族の人間よりも様になっている。

「ごきげんよう。お久しぶりかしら？　それとも初めましての方がよろしいかしら？」

「えっと……？」

ご令嬢は俺に親しげに微笑《ほほえ》みかけてきて、思わず困惑してしまう。

すると彼女は俺の表情を見て納得したようにうなずいた。

「いまの反応で分かりましたわ。はじめまして、ワタクシはミナリーナですわ。貴方《あなた》の前身、いえ前魂のシェザードとは旧知の仲でしたの」

勝気な笑みを浮かべるミナリーナ。俺はその名前を知っている。

懐から日記を取り出すまでもなく、何度も出てくる名称だから覚えてしまっていた。彼女はシェザードの大親友と言っても過言ではない……吸血鬼だ。

「なんの用だ？　悪いが俺はシェザードの記憶は持っていない」

「ご安心なさい。ワタクシがここに来た理由は貴方を見に来たのですわ。シェザードがその命を懸けて召喚した者をね」

「それはどうも。話なら自宅で聞くが」

「結構ですわ。それよりもワタクシをもてなしなさい。具体的にはこの村で採れるモノだけで食事を出しなさい」

ミナリーナはそう告げると指をパチリと鳴らした。すると馬車から執事らしき人物が出てきた。彼は右手と左手でそれぞれ椅子と机を持っていて、村の広場に慎重に設置した。

「よろしくてよ。さあ早く食事を持ってきなさい。事前に手紙を送っておいたはずですわ。用意できるものすべて出しなさい」

ミナリーナは設置された椅子に座る。老齢の執事がどこからか取り出した陶器のカップを机に置いて、綺麗な蓋付きのガラスボトルの水差しから紅茶を注ぎ始めた。

「な、なんで……こんなところに特級の吸血鬼がいるの!?」

少し離れた場所からアリエスが叫ぶ。彼女は急いで銀鎧《よろい》を身に着けてくると、息を切らせながら俺とイーリの元へと駆け寄ってきた。銀剣を抜いて、それをミナリーナに向ける。

「は、離れて！　そいつは紫光のミナリーナ！　吸血鬼狩りギルドでも最上位に認定している吸血鬼よ！」

「あら、そうなんですの？　人間のランク付けになんて興味はないもので、知りませんでしたわ。ワタクシの力ならば妥当なのでしょうけど」

完全フル装備のアリエスが近づいてきても、ミナリーナは椅子に座ったまま余裕の笑みだ。この時点で彼女の吸血鬼としての力がずば抜けていると分かる。

アリエスは聖なる力を体に宿している上に、銀鎧を装備しているのだ。低級の吸血鬼なら彼女に近づいただけで蒸発しかねない。

「シェザード……ではないですわね。あなたの名前は？」

「リュウトだ」

「リュウト、なんでこの村に吸血鬼狩りを置いているのかしら？　吸血鬼と人間の共生を目指すなら邪魔者でしかないのに」

ミナリーナは疑惑の目を俺に向けてくる。

彼女の言いたいことは分かるし、俺も普通に考えたらそうだと思う。さて、なんと説明したものか。

「こいつは吸血鬼狩りにしては話が通じる奴だからだ。下手に変な奴を派遣されるよりはマシでな」

「問答無用で攻撃してこないだけだいぶマシなのは認めますが、さっさと追い出すことをおススメしますわ。吸血鬼狩りなんて置いておくメリットがないですもの」

「とりあえずは彼女がいたことで、村人の心の支えになっていたんだよ。俺が安全だと分かるまでは頼りになる人がいた方がいいしな」

「ならもういらないのではなくて？　吸血鬼狩りギルドなんて最低最悪の集まりですわよ」

「きゅ、吸血鬼狩りギルドの悪口は許さないわよ！　まあ、貴方たちは狩られる側だから、最低最悪なんて評するんでしょうけど！」

確かにアリエスの役目はもう終わっている。

もう村人たちは俺とある程度親しいし、彼女がいなくても特に不安がったりしないだろう。だが、とある理由で追い出したくないんだよな。

「なんと言うかな。アリエスはこう、話せば分かってくれそうというかな。彼女を通して吸血鬼狩りの心を変えられないかなとか。俺は彼女を信用している」

「えっ……？」

驚きの声をあげたのはアリエスだった。

もちろん他にも理由はある。吸血鬼の村だからと言って、人間側に吸血鬼に対抗する手段がないのは健全ではない。それでは人間は吸血鬼の奴隷でしかなくなるのだ。

それを避けるためにも村に吸血鬼狩りも欲しいと思っている。吸血鬼を殺しはしなくても、取り締まれる力。ようは対吸血鬼の警察みたいな。

アリエスは正義感があって愚直な娘だ。命を懸けて村人を守ろうとしたり、勝ち目がなくても俺を殺そうと立ち向かったりしてくるのだから。

それに、吸血鬼狩りギルドが銭ゲバ組織なことを理解する頭もある。そして強力な聖魔法も扱えるのだ、吸血鬼への恨みさえなくなれば……俺を手伝ってくれるのではと考えてしまう。

「無理だと思いますわよ。吸血鬼狩りと吸血鬼なんて絶対に相容れないですわ。狩る者と狩られる者です」

「どうだろうな。俺は工夫次第では可能だと思ってるし、人間にも吸血鬼に対抗できる力が必要だと思っている。それはシェザードの日記にも記載があったからな」

懐からボロボロの日記を取り出す。するとミナリーナはわずかに寂しそうな顔を見せたあと。

「……そうですか。ならいいですわ、それよりも食事をくださいませ」

ミナリーナは呆《あき》れたようにため息をつき、最後にアリエスを一目見る。

「…………」

アリエスは黙ったままうつむいている。

俺はパチンと指を鳴らす。するとイーリがとてとてと自宅に入っていき、しばらくすると戻ってきた。

彼女は座っているミナリーナの前の机に、二つの木のコップと一枚の皿とスプーンを置いた。

ひとつはハチミツ、もう片方はゼリー状の血が入っている。皿には日持ちさせるために水分を抜いた、黒くて硬いパンが置いてあった。

「どうぞ。我が村で採れる自慢の三点セットだ」

「この三つしかないだけ」

イーリが俺の言葉に付け加える。余計なことは言わないでよろしい。

黒いパンはとてもお客様に出せるものではないのだが、我が村でとれるのは麦とハチミツと血だけである。用意できるものすべて出せと言われたから……。

ジャガイモはそろそろ収穫だけど、数が少なすぎるので獲れたイモは種イモにして畑に植える予定だ。数個しか植えられていないからなぁ……増やしていかないと。

「私が採られました」

イーリが親指を立てて宣言する。生産者表示……確かにそのコップに入っているのは彼女の血だけども。

「なるほど、では」

ミナリーナはいきなり黒いパンを噛《か》み砕いた。あのパンはカチカチすぎて、普通の人間ならばとても普通には食えない。スープに浸さないと噛めないのに……さすがは吸血鬼だ！

すると周囲にうすぼんやりと松明《たいまつ》の炎が見えた。

「す、すげぇべ……あのパンを一撃で粉砕するなんて……」

「さすがは吸血鬼だべぇ……」

騒ぎを聞きつけて集まっていた村人たちが、ミナリーナの顎の強靭《きょうじん》さに感心している。

すげぇよ、普通に食べただけで評価されるほど硬いパンが。

あ、ちなみに俺も丸かじりできるぞ。

「…………」

不機嫌そうな顔でパンを完食したミナリーナ。美味しくないので気持ちはものすごく分かる。むしろよくなにも言わずに全部食べたな……出せと言われたから出しただけで、口付けなくても怒らないレベルなのに。

彼女は次にハチミツ（巣の一部混ざり）のコップに口つけた。

「……甘いですわ。先ほどと比べると、より幸せな味に感じますわね」

「分かる。地獄のあとの天国みたいな」

「食事では天国だけ味わいたいですわね」

俺も村人たちも全員がうなずいている。黒パンがマズイのは皆が思ってることだからな。保存を重視した結果だから仕方ないとはいえ……改善したいものだ。

ミナリーナは最後に血の入ったコップを手で持ち上げて飲もうとするが。

「あら？　これは普通の血ではないですわね」

「ゼリー……えっと、少し固めた状態にしてる。スプーンですくってくれ」

「それは人間の知識というやつかしら？　シェザードはしていなかったですわね」

スプーンを手に取って、血ゼリーをすくって食べていく。そうしてすべて律儀に完食したあとに。

「ごちそうさま。牙のように鋭い指摘と、血のように甘い感想のどちらがご所望かしら？」

俺に視線を向けてきた。これは、前者は改善点とか言ってくれるけど、後者はおべっかみたいな言葉を告げると。さすがにご馳走になってまで自分から文句は言えないだろうし。

「鋭い指摘の方で。牙に衣着せずに言ってくれて構わない……それでいいか？　イーリ」

ミナリーナは、今度はイーリに視線を向ける。血について悪く言われると、血の生産者であるイーリが傷つく恐れがあったからだ。だが彼女はＯＫと親指を立てた。

「なら全部言いますわ。この食事、三十点ですわ。ちなみにハチミツで三十点ですわ」

「他はゼロ点ってことか……」

チラリとイーリの方に視線を向けると……珍しく狼狽《ろうばい》してショックを受けていた。

「ば、バカな……私の血は美味しいはず……」

そういえば謎に自分の血の美味しさにプライドを持っていたな……確かにイーリの血はこの村では一番美味しい。魔眼を持っているだけあって、血に濃厚な魔力が流れているのがよい。

「確かに貴女《あなた》の血は美味しくはあります。ですが工夫がまるでない、本当に美味しい血とはこういうものを言うのですわ！」

ミナリーナは開いた胸元から、上等そうなガラスの小瓶を取り出して俺に投げてきた。どこから出してるんだ……と思いながらキャッチする。中身は真っ赤な血だ。

彼女は俺に対して促してきたので、小瓶のフタを外して口に流し込むと……な、なんだこれは!?

「う、うまい…………甘さの中に少ししょっぱさがあって、それがまた甘さをより引き立てている!?」

危うく次に漏れそうになった言葉（これに比べたら村人の血は……）をのみ込む。

はっきり言おう、この血の味はもはやイーリのとは格が違う！　超高級ブランド牛肉と、スーパー特売品の牛肉ほどの差だ！

これ本当に同じ人類の血なのか!?　実はドラゴンのとかだったりしない!?

「ふふっ。その血はワタクシが丁寧に……飼い続けた人間のもの」

ミナリーナは『飼い続けた』と言ったとき、わずかに顔をしかめた。なにか思うところがあるように見えるが……。

「飼い続けた……か」

吸血鬼が人を飼うなど聞いたことがない。いや人間の村を統治しようとしている俺が言うのもなんだけども。

「ワタクシ好みの血を持つ人間たちを村から買い上げて、三食昼寝つきで栄養を取らせて数年育てましたわ。はっきり言います、いまのこの村は吸血鬼にとってそれほど魅力ではありませんわ。このままではよほどの物好き以外か、日々の血すら困る吸血鬼以外は来ないでしょう」

かなりのVIP待遇……いやそれよりもだ。聞き逃せないことがあったぞ!?

「なっ……！　待ってくれ、吸血鬼は危険を冒さずに血を手に入れられるのにか!?」

「それでもですわ」

ミナリーナの宣言に俺は戦慄《せんりつ》した。

いまの俺の頑張りの方向性が間違っているというのか……。

「理由は……この血が答えか？」

「そうですわ。この村の人間はやせ細っていて、みんなあまり美味しそうではありませんわ」

イーリも他の村人も皆、あまり栄養状態が良いとは言えない。当然だ、先日まで領主の重税に苦しんでいた村でいまもその問題は解決はしてないのだから。

「この村に来れば、人間の血を安定的に飲めるといっても、普通に襲った方が好きなだけ吸えるはず。それに街に出向いた方が栄養状態がよい人間が多く、美味しい血が吸えるでしょう」

確かにその通りだ。街の人の方が豊かな暮らしをしている者が多いはず。食料不足でやせ細った農村の人間よりも、余裕ある街の暮らしの人のが美味しいか……。

「そのデメリットを補うなら、質で勝負すべきではなくて？　美味な血をある程度飲めるなら、他の吸血鬼も魅力を感じますわ」

ミナリーナの語りは説得力があった。なんというかその言葉の節々から自信を感じられるのだ。まるで彼女が一度試したことがあるかのように。

「……やはり村をもっと豊かにしないとダメってことか」

「そうですわね。でも大変ですわよ？　ワタクシはもとより自分好みの人間の血を厳選して、かつ少数で育てているからこそできる。それが大勢の人間となれば」

ミナリーナは厳しい口調で警告してくるが、それはきっと俺を思ってくれてのことだろう。いや正確には俺の体というか、前身であるシェザードに対しての言葉なのだろうが。

彼女が親身になってアドバイスしてくれるのは、俺がシェザードの体を継いだからだ。親しい友人の子供に対して、優しくしてしまうようなノリか。

「分かってる。でも元から村を豊かにしていく予定だったからな。明確にそうしないとダメな理由が追加されただけだ」

「そうですか、なら頑張ってくださいな」

ミナリーナは少しだけ嬉《うれ》しそうに微笑《ほほえ》むのだった。

「あ、そうそう。さっきの血の交換代としてハチミツを頂きますわ」

「えっ。あれは無料でくれたんじゃ……」

「そんなわけないですわ。貴重なモノですのに」

き、貴重なハチミツがさらに盗《と》られる……！　畜生！

「私の血が……美味しくない……！」

そしてイーリはまだダメージを受けているのだった。本当にこの娘のことはよく分からん……。まあともかくだ、今後は村の住人の栄養状態をよくすればいい！

そうすれば蚊が寄って来るみたいに、吸血鬼たちがもっとやって来るはずだ！

決意を新たにする俺に対して、ミナリーナは少し逡巡《しゅんじゅん》したあとに。

「ただし貴方がどれだけ努力したとしても、血を改善できたとしても。吸血鬼は現状ではこの村に絶対に住めないですわ。この土地は吸血鬼にとって死の土地ですもの」

「…………え？」

死の宣告のような言葉を口にしてきたのだった。

「み、ミナリーナ……それはどういうことだ……？」

――この地は吸血鬼にとって死の土地。俺はその言葉に唖然《あぜん》としていた。

それが本当ならばこの村は最悪だ。いやそもそも、すでに俺を含めて吸血鬼たちが住んでいるんだぞ!?

「この地は吸血鬼にとって毒ですわ。ワタクシや貴方のような強者ならともかく、下級吸血鬼ならしばらくいたら衰弱して死ぬ」

「ど、毒!?　でもここには人が長らく住んでいるし、吸血鬼も住み始めたがいまのところは平気だぞ!?」

「まあそうでしょうね。ワタクシの感知能力をもってしてもうっすらとしか不快さは感じません。弱い吸血鬼ではそもそも気づけないですわ。そして気づかぬうちに弱って死んでいく」

ミナリーナは少し顔をしかめた。まるで地球の授業で習った公害みたいだ。

「おそらく原因はあの山でしょう」

彼女は目を細めて北にある山を指さす。あの山は……金山があると噂《うわさ》されているところだ。ちなみに麓にはハチミツを採取していた森がある。

「あそこになにがあるんだ？」

俺も吸血鬼の視力で森を細部まで眺めるが、特に不審そうな場所や物は見えない。なんかヤバイドラゴンとかいたら分かりやすいのだが……。

「なにかまでは分かりかねますわ。ワタクシも少し不快程度なので。貴方だって肌がチクリとしても、なにに刺されたかは分からないでしょう？」

「確かに」

「下等吸血鬼を山まで連れていって苦しませれば、ある程度分かるかもしれませんわね。さすがにそこまで近づけば直接的に影響が出るでしょうし、死にそうならなにが原因かも分かるはずですわ」

「そんな鉱山のカナリアみたいなことはやめたげようぜ……」

村に来て苦しみ出す吸血鬼見たら俺の心が折れるかもしれないし。なんにしても原因を探らないと困るのだが、問題がある。

……俺は欠片《かけら》たりとも不快と感じていないのだ。山を感知しても同様だ。おそらく吸血鬼固有の弱点がないからだと思う。そのせいで不快な箇所を探す手だてがほとんどないということだ。

ああっ！　吸血鬼の弱点がないことが裏目に!!

「……ミナリーナ、申し訳ないのだが原因を探すの手伝ってほしいんだけど」

「ワタクシも不快な場所に近づきたくはないですわ。ご自分で探されては？」

「…………俺は微塵《みじん》も不快さがないから、近づくどころか原因に触れても判断できない可能性があってな」

俺の言葉にミナリーナはわずかに眉をひそめたあと、俺に顔を近づけてこちらをマジマジと見続ける。

……身長差もあって彼女の胸の谷間がかなり見えてしまう。目を逸《そ》らそうと努力するのだがどうしてもチラチラと視線が向いてしまう。

ええい！　こんなことをしている場合じゃないだろ！　話に集中しろバカ！

「貴方、本当に吸血鬼の弱点を完全に克服していると？　吸血鬼である以上、弱点からは逃れられないというのに。ワタクシでも日光の下では消えはしませんが弱体化するし、聖水をかけられればダメージになりますわ」

「そ、そうなんだよ。俺は聖水も銀もまったく効果ないんだよ。アリエス、ちょっと銀剣貸してくれない？」

話に集中するために、ミナリーナから距離を取ることにした。

「…………はい」

ずっと黙っているアリエスに話しかけると、彼女は俺に素直に銀剣を渡してくれた。試しに受け取って柄《つか》を持って振るうのを見せると、ミナリーナは気持ち悪いものでも見るかのように引いていた。

「ぎ、銀の部分じゃない柄とはいえど、よく銀剣なんて持てますわね。想像するだけでおぞましいですわ」

「柄だけじゃなくて銀の部分も持てるぞ、ほら」

「……離してくださいます？　見ているだけで不快になりますわ」

ミナリーナがガチで嫌そうな表情をしている。本当に吸血鬼は銀に弱いなぁ……。

「ここまで銀に弱いといろいろ苦労するんじゃないか？　銀装備の人間相手ならどうしてるんだ？　銀鎧着られるだけで勝てないよな？」

「ワタクシほどなら、火傷《やけど》はしますが銀くらいは触れますわ。普通の吸血鬼は銀の聖なる力で浄化されます。なので鎧に血をかけるなり、自分の体に血を纏《まと》って鎧を殴るなりで対策していると聞きますわね」

「なるほど」

俺は剣をアリエスに返しながら、ミナリーナの言葉にうなずく。

吸血鬼が好む血によって銀の効力をかき消してるのか。

甘い砂糖と辛い醤油を混ぜて甘辛いすき焼きに……いや違うな、科学とかで中和して無毒化とかあったよな。

しかし、特級の彼女といえども銀を触るのは辛《つら》いようだ。蒸発などはしないにしても不快だと、棘《とげ》付きのバラのツルを握るような感触なのだろうか。あるいは犬のフンでも触る感覚か……どちらにしても嫌なのは間違いない。

俺が銀剣から手を離すのを見て、ミナリーナは小さく息を吐いた。

「まったくシェザ……いえ、同族が銀を持つのは見ていて心地よいものではないですわね」

ミナリーナは失言を取り消すように言い換えた。

やはり彼女とシェザードは、仲がよかったのだろう。言い間違いは触れないことにした。

「悪かった、次から気を付けるよ。それでどうだろうか？　俺は不快さがないので原因を探せない。でもどうにかして原因を探して、人と吸血鬼の共生できる場所を作りたいんだ……！」

俺は頭を下げてお願いする。ミナリーナからすれば当然嫌だろう。

だが不快さを感じない俺が山にある不快な原因を探すなんて、砂漠の中から砂金を見つけるようなものだと思う。原因を発見できなければ対策も取れない。そうなると、俺はこの村を捨てるしかなくなる。

本来ならまずは俺だけで探してみるべきかもしれない。だが、山の原因を感じられる彼女がこの村に滞在している間に頼まないと、帰ってしまったらもう来てくれない恐れもある。

ミナリーナはしばらく考え込んだあとに。

「あそこまでおぞましい毒なら、少し理由が気になりますわね。仕方ありません、手伝ってあげましょう」

「た、助かる！　ありがとう！　俺にできることならなんでもする！」

俺は少しミナリーナに近づいた。すると彼女はそっぽを向いてしまう。

「勘違いしないでほしいですわ。貴方のためではなく、ワタクシは興味があって原因を突き止めるだけ。貴方はそれに勝手についてくる、ワタクシが自分でやることにお礼など不要ですわ」

「……分かった」

彼女はそう言っているが、いずれ機会があれば恩は返そう。

「ならすぐに山に向かいますわよ。ワタクシの時間は貴重なのですから」

「ちょっと待ってくれ。マント置いてくる……というか、そのドレス姿で山に行くのか？」

「服破れるよ」

俺とイーリの言葉に対して、ミナリーナは不敵な笑みを浮かべた。

「舐《な》めないでくださいまし。この紫光のミナリーナに、人の常識が通用すると思わないでいただきたいですわ」

「ちなみに山に入ったことある？」

「ありませんわ。それになにか問題が？　人間が入れるくらいなのですからワタクシなら問題ないでしょう？　さあすぐに出発して、夜が明けるまでに戻りますわよ」

「「あっ…………」」

俺とイーリの声が重なった。


「……はぁ。私、なにをしてるんだろう」

リュウトたちが山に調査に行ったあと、ひとり残されたアリエスは心の言葉が漏れてしまった。周囲は暗くなり始めていたが、彼女は聖魔法によって夜でも昼とあまり変わらずに見ることができる。

アリエスは吸血鬼狩りだ。無辜《むこ》の人たちを守るために各地を回って、人に仇《あだ》なす悪《あ》しき吸血鬼を討伐する。そしていつかは村を滅ぼした吸血鬼を殺して、皆の仇《かたき》をとるのが目的だ。

なのに、いまの彼女は吸血鬼の統治する村に滞在して、毎日その吸血鬼に遊ばれている始末だ。挙げ句の果てには吸血鬼から自分を『信用している』とまで言われてしまった。

　吸血鬼はすべて討伐対象である悪だ。吸血鬼は人間を襲って血を吸う、だから人にとっては存在自体が悪のはずなのだ。だからアリエスは、常に吸血鬼に襲われている村に出向いて討伐していた。

（……今回もいつもと同じはずだったのに。吸血鬼が村に入って、だから私がやって来た。なのにあいつは村人を襲うどころか助けるなんて……）

リュウトが普通の吸血鬼と違う行動をしたせいで、アリエスの意思に迷いが生じていた。

（挙げ句の果てに領主軍が攻めてきた時も、ほぼ殺さずに追っ払ってしまった。ひとりは殺したが極力人命を重視していたのは間違いない）

アリエスは小さくため息をついたあと。

「吸血鬼は人間の敵……なはずなのに」

思わずボソリと呟いた。するとコウモリがバタバタと飛んできて、アリエスの腕へとぶら下がる。彼女はコウモリが口にくわえていた手紙を取って中を確認する。

「えっ……!?」

そこには目を疑うことが書いてあったようで、彼女は走り出していた。

「あれ？　アリエスお姉ちゃん？　どうしたんだろ……？　様子おかしかったけど……」

アリエスは後ろからの声に気づかずそのまま去っていくのだった。


「わ、ワタクシのお気に入りのドレスが……」

夜の闇の中、俺たちは森の中を進んでいく。

ミナリーナは木の枝に引っかかって破れたドレスを見て、少しへこんでしまっている。

そんなヒラヒラのドレスで森に入るから……吸血鬼だろうが人間だろうが衣装の丈夫さは関係ないしな……。

ちなみにイーリは右目の眼帯を外して歩いている。魔眼であれば夜でも問題なく見えるのは便利だな。

「だからドレスはやめておけと忠告したのに……」

「うるさいですわ。このワタクシに華やかでない衣装を纏う選択肢などありませんわ」

「お花とってくる？　そこらに生えてるよ」

「人の娘、それは花違いですわ！　それにこの服は森から出たら直しますわ！」

ツッコミはしてくれるあたり、お嬢様なのだろうが親しみがある。

ミナリーナはドレスの汚れを手で払うと、背中に大きなコウモリの翼を生やした。ちなみに破れた服の隙間からチラッと下着が見えたりで、扇情的でよい。

「そもそも地上を歩く必要がないですわ！　空を飛んでいきますわよ。貴方もできますわよね？」

「言われてみれば確かに」

人間としての常識が強すぎて、翼を生やして空を飛べることを忘れていた。なんとなくふんばって背中に力を入れると、俺にもコウモリみたいな翼が背中から出てくる。

「よいしょっと」

そしてイーリが背中におぶさってきて、そのせいで翼がつぶされて動けなくなる……。

「いやイーリさんや。背中に乗られたら翼が動かせないんだが」

「頑張れ」

「頑張ったら翼の力でお前が切り刻まれるか、振り落とされるぞ……」

吸血鬼の翼は丈夫だ。それこそ俺の翼なら鉄すら切り裂ける恐ろしい刃と化す。普通に武器として扱えるレベルの力を持つのだ。翼で討つみたいな。

「じゃあ抱っこ」

「はいはい」

「貴方たち、親子みたいですわね」

こうして俺たちは空へと飛び立って、ミナリーナの案内で山の中層辺りまで移動して着地した。

「このさらに奥から嫌な雰囲気に近づけますわ」

ミナリーナは山の切り立った崖の岩肌を指さす。つまり山の中になにかがあるのだろうか。

「そういえば、この山には金があるとかいう噂は聞いたことがあるが」

以前に村人が言っていた噂だ。話半分というか、その話を広めた者がすでに死んでいる上に信ぴょう性もない。まさに根も葉もない噂だったが。

「金なら別に不快ではありませんわ。銀ならともかく」

「だよなぁ。この岩の奥に隠し部屋でもあるのか？　とりあえず……ふん！」

俺が岩盤を殴りつけると山の何割かにヒビが入って崩れてゆく。だがなにかが出てくるわけでもない。土ならともかく岩の中に隠し部屋なんて造ったりしないだろうしなぁ。

岩の中に住む魔物でもいるのかなと思ったが、そんなわけでもなさそうだし。

するとミナリーナは崩れて割れた岩山の欠片《かけら》を、不快そうにしながら探り始めた。ひとつひとつ拾い続けたあとに、とある小さな岩を拾うと痛そうに顔をしかめた。

「これですわ」

ミナリーナが俺に見せてきた岩は、ところどころ金色や銀色に光っている。さらにその岩を持っている彼女の手が、少しばかり火傷みたいに赤く腫れていた。

「………銀鉱石ってことか？　いや金も交ざってそうだけど」

銀鉱石。銀を含む鉱物であり、つまりは銀であった。

「ですわね。確信が持てなかったのと、他の鉱石も交ざっていたから触ってみましたわ。間違いなく銀を含んでいる鉱物。金や他の鉱石も交ざってるので、つまりここは……」

「金山と銀山がくっ付いてるってことか……？」

「そうですわね。この国でもいくつかありますわ」

彼女の手が少し火傷しているから間違いない。俺も近くの岩を探して銀色のものを見つけて触ってみるが、やはり火傷などはしないか。

「……銀が毒にならない。貴方は本当に吸血鬼として完成されてますわね。ワタクシたち吸血鬼は弱点さえなければ最強の魔物、つまり貴方は本当の意味で無敵なのではないかしら？」

「どうだろうな。強いとは思うけど」

「ワタクシでも勝ち目はありませんわね。貴方を倒す手段がない、対して貴方は聖なる武器でも使い放題。ズルいですわ」

「言われてみれば俺が聖なる武器使ってもいいな」

ミナリーナの言葉に軽く返しながら、拾った岩に含まれている金と銀を観察する。あまり金山や銀山に詳しくないが、金と銀って一緒の場所でとれるんだろうか。

いやこの世界は地球ではないから、そもそも地球の知識が完全に当てはまるとは限らないか。ドラゴンとかいないしな。

それよりもだ。村の近くに銀山があるということは……。

「山に眠る大量の銀のせいで、大抵の吸血鬼はここでは生きていけないってことか」

「そうですわね。山に大量に銀が眠っているならば、離れていても聖なる毒の影響を受けますわ」

金山なら財源になるので手放しで喜べたが、銀山なのは吸血鬼としては致命的だ……！

そりゃ吸血鬼にとっては毒になるよな……海の砂浜でナメクジが住むようなものか。

吸血鬼をナメクジに例えるのはいかがなものかと思うのだが、でも明確な弱点を持っているという共通点が分かりやすい。吸血鬼である俺が言っているので許してほしい。

「銀の鉱山となると原因排除も難しいですわよ」

ミナリーナは少し笑いながら俺に視線を向けてくる。おそらく俺を試している感じがするな、この状況でどうあがくかを。

「うーん……銀って血を浴びたら吸血鬼には無害になるんだよな？　一度血を浴びても水に流れたらまた有毒になる？」

「ただの水程度なら無害のままですわ。聖水で洗い流しでもしなければ、血の力は残り続けますわ」

一度穢《けが》してしまえば聖水でなければ大丈夫なのか。いや血をつけることに穢すという表現が正しいかは分からないが、ならばやりようがある。

俺は集中して魔力を練り始める。

「あら、なにをなさるつもりですの？」

「この銀山すべてを無毒化する。俺ならばできるはずだ」

「山に眠る大量の銀を無毒化？　山ごと吹き飛ばしでもするつもりかしら？　それなら可能でしょうけど」

「そんな物騒なことはしない。それに銀は吸血鬼にとっては毒でも、人間にとってはすごく貴重なモノだから勿体《もったい》ない」

俺はミナリーナに返事をしながら、練り上げた魔力を遠くへと送っていく。

村には村人たちの血を集めて凝固させた血液スライムが置いてある。

そいつに向けて遠隔で魔法を発動する。このスライムは元々俺が魔法で作ったからこそできる。気分はラジコンみたいだ。

「血よ、霧散せよ」

村の方角から大量の血霧が出現して、上空へと上っていく。薄い雲のようになった血霧は俺たちの山の上空へとゆっくり移動し始めた。

「……本当になにをするつもりなのかしら？　血霧では地中や山の中の銀の除染は無理ですわよ」

怪訝《けげん》な顔をするミナリーナ。確かに霧のような気体では無理だ、だが液体ならばどうだ？　すでに血霧は山の上空を漂っている。準備は整ったならば、いまから降らせるのは……。

「血よ、雨となれ」

血の雨が山に降り注ぎ始めた。空中の水分も吸って体積を増した血たちが、山中に降り注いでいく。

「……血の雨ですか。なるほど、確かにそれならば山の中に浸透して銀の除染も可能と」

「漏れがないように降ったあとの雨も操ってる。しっかりと地中に入った血も操ってるし、草や木が吸わないように制御もしてる」

「この大量の血を一滴残らず操る？　まったく、よくやりますこと……」

血の雨で森が枯れたりしても困るからな。大量の血粒を操るのにはかなりの神経を使うがやってやれないことはない！

そうして血雨が止《や》んだあと、ミナリーナは周囲を改めて見回した。

「不快な気配はなくなりましたわね」

「じゃあもう大丈夫ってことか！」

「そうですわね。この山は吸血鬼にとって無害になりましたわ」

俺は思わずガッツポーズをする。これでドラクル村に吸血鬼を呼び寄せる計画が頓挫《とんざ》しなくて済む！

それにいま住んでいる吸血鬼たちが、弱っていくなんて地獄も見なくて済む！

「ミナリーナ、ありがとうな！」

「気にすることはありませんわ。先ほども言った通り、ワタクシはワタクシのためにしただけ。それに面白い物も見られました。血の雨、対吸血鬼狩りに持ってこいの技ですわね。奴らの銀剣や鎧を完全に無毒化したら、きっと慌《あわ》てふためいて無様になりますわ」

ミナリーナは愉悦そうに微笑んだ。ちょっと編み出してはダメな魔法だったかもしれない……まあいいか。

そういえば、結局金山の噂は本当だったわけか。根も葉もない噂だと思っていたがラッキーだったな。

「ただそうですわね。ちょっと気になっていることがありますの。なんで貴方はシェザードの遺志を継いだのですか？」

ミナリーナは目を細めてこちらを見てくる。

「美味い物が食いたいから」

「それなら村を裏から操ればよいはずですわ。わざわざ周囲に吸血鬼の統治する村と喧伝《けんでん》する必要はない」

このお嬢様、思ったよりも鋭いな……。

「……シェザードの記憶を見たからだよ」

脳裏にあのときの詳細がよぎった。


「どうして……どうして、なんで、あなたは吸血鬼なの……!?」

「……すまない」

昼の深い森の中、シェザードは申し訳なさそうに目を落とした。

ウエディングドレスを着た美しい女性が、彼の前で泣いている。

「なんでよ……なんでよ……なんで……!」

この二人は互いに好き合って、お似合いのカップルだ。いや、だった。

最初は吸血鬼側のお遊びだった。街に出てうら若い娘を誑《たぶら》かして、正体を明かして驚かす遊びの予定。

だが……彼の計算外は、その娘が魅力的すぎたことだ。血を吸う快楽よりも、娘と一緒にいることを選ぶほどに。

そうして二人は仲良くなっていき、娘の方もシェザードの想いに応えて愛し合った。愛し合ってしまった。

吸血鬼が正体を明かさないままに。そんな時限爆弾は最悪の形で爆発した。

結婚式で事件が起きた。新婦のウエディングドレスに、銀が交ぜられていたのだ。

シェザードは普段は細心の注意を払っていたが、結婚式で浮ついてわずかに油断した。ドレスに触ったことで体を焼かれて、式の神父に正体を看破されてしまった。

そうして騒動になったあと、シェザードが娘を攫《さら》うように式を逃げ出したのだ。

「……隠してよ……最後まで隠し切ってよ……！　私を騙《だま》したのなら、ずっと騙し続けてほしかった！」

娘はシェザードが吸血鬼だとうすうす分かっていた。結婚式まで開く仲なのだから、隠し切れるはずがない。

それでもよかったのだ。相手が吸血鬼でもいいと思えるほどに愛し合っていた。このまま幸せに街で暮らせればよかったのだ。

だが周囲に知れ渡ってしまっては無理だ。

シェザードが吸血鬼と知れた以上、街に戻って一緒に暮らすのは不可能。娘は吸血鬼と別れて街に戻るか、このまま逃げて添い遂げるかの二択を迫られた。

そして娘には、体の悪い両親と妹がいた。

「……すまない。一時の夢だったと、思って、ほしい……いまから街に戻って、私に騙されていたと叫ぶんだ。さらばだ……」

シェザードは唇を噛み、震えながら告げる。そして娘に背を向けて離れて行く。娘に吸血鬼と愛し合った疑惑が出れば、街から追い出される恐れがある。だから二度と会わない決意を込めて。

「こんなことなら、こんなことなら、出会わなければよかった……！」

娘の泣く声。それはシェザードにとって太陽の光よりもよほど痛かった。

シェザードは走った。人とは比べ物にならぬ速度で、無我夢中に走り続けた。

——出会わなければよかった。

その言葉がシェザードの心に突き刺さる。彼はずっと、娘との思い出を胸に生きていくつもりだった。

生まれの不幸はあれども、互いに出会ったことは幸せだったと、信じていた。

「違う……。私は、君との出会いを後悔などしていない……！　何故だ！　何故、人と吸血鬼が一緒に暮らしてはいけない……！」

誰でも簡単に答えを出せる、彼自身も理解している問いを喚《わめ》く。森を抜けて海の見える丘へと出ていた。シェザードは立ち止まって吼《ほ》える。忌々《いまいま》しい太陽に向けて。

「人を襲うからか⁉　ならば人を襲わないならば一緒にいても構わないではないかっ！　この牙を失《な》くせばよいだけだ！　違うか！　違うのかっ！　私は襲わないで暮らすはずだったのに！」

吸血鬼は叫び続ける。彼は理解できていた、人が吸血鬼を恐れて遠ざけるのが当然だということを。彼が抱いた怒りは、どこのだれかに向けてよいかも分からない。

シェザードはしばらく吠え続けたあとに。

「何故、吸血鬼なんて歪《いびつ》な者を創ったのだ……！　人の血を吸わねば生きられぬ……！　我らは、人と殺し合うしかないではないかっ⁉」

吸血鬼は人を襲い、人は抵抗する。そんな生態事象。

彼は見つけた。恨むべきものを。

「……許さぬ。私の想いを、思い出を！　こんな理不尽な摂理で捻《ね》じ曲げ穢すなど……！」

吸血鬼は太陽を睨《にら》んだ。目がただれて燃え始めるが、おかまいなく睨み続ける。

「許せぬ！　この出会いを、無為だったなどと認めぬ！　私がこの摂理を捻じ曲げてやる……！　吸血鬼と人を共に生きさせる！」

そうすれば彼と彼女の出会いは、絶対に間違いではなかったと証明できる。この出会いが世界を変えたのだと。

それは辛い現実からの逃避であったのかもしれない。理不尽な現実を前にして、なにかを恨まずにいられなかっただけかもしれない。

シェザードは、人と吸血鬼の摂理を破壊するためにすべてを費やすようになった。


完全にシェザードの意見に賛同したわけではない。むしろ彼の望みの発端は、痛々しい自傷行為にも思える。

だが……元の体の持ち主のこんな記憶を見せられて、完全に知らんぷりはできなかった。

もちろん俺の『人の食べ物が欲しい』という希望と、シェザードの願いがうまく両立できるものだったからもあるが。

……知り合いとはいえ故人の過去話を、告げ口することもないな。話を変えよう。

「じゃあせっかくだし、ここらを少し探索してから帰ろうか」

今後はこの鉱山を開発していきたいので、ついでに周囲を確認しておくのもよいだろう。

だがイーリが顔をわずかにしかめた。

「リュウト。ちょっと」

「どうしたんだ？　イーリ」

イーリが珍しく真剣な表情をしている。

「我が魔眼が緊急事態を捉えた。吸血鬼が村に攻めてきてる」

「なっ!?」

イーリの魔眼はかなり優秀だ。ハチの巣を探す時も、森の中の木々をかきわけて離れた巣を見つけるほどに。

そんな彼女の言うことならば……嘘《うそ》ではない！

「すぐに戻るぞ！」


私《アリエス》は走り続けた、手紙で指定された場所――村から少し離れた東の岩場へと。少しでも早く着くようにと、息を切らせながら苦しさを我慢して走る。この手紙の内容があまりにも信じがたかったから。

そして岩場に到着した私を待ち受けていたのは……。

「はぁ……はぁ……。そんな、お前は……！」

「よく来たな。あとはオデに任せロ」

………吸血鬼たちだった。なんと男の吸血鬼が十一体もいる。

しかもそのうちの一体はクマのようなガタイを持ち、リュウトやミナリーナと比べても一回り以上大きい。私はこの吸血鬼の特徴を聞いたことがあった。

「お前、剛腕のベアードね！　吸血鬼狩りギルドで指名手配されてる上級吸血鬼！」

「んあ？　そうだナ。でもいまのオデは吸血鬼狩りギルドの手伝いダ。いっぱい血吸える邪魔するナ」

ベアードは私を無視して歩き始めようとする。

「ま、待ちなさい！　この手紙の内容……『これから吸血鬼がシナナ村を壊滅させるから、お前は村から去れ』って吸血鬼狩りギルドからの命令書は本物なの!?」

私は悲鳴交じりに書面を見せながら叫ぶ。

どうして吸血鬼狩りギルドが急に連絡をしてきたのか、なぜ吸血鬼を手駒にしているのかなどの明らかにおかしい点がある。だが……この書状には吸血鬼狩りギルドの聖印が押されているのだ。

聖魔法のかけられた特注印、偽造など不可能だ。それに防犯対策としてギルドの者以外は印を押せない魔法がかけられている。

「本当ダ。その書状の記載通りにオデがここにいるのが答えダ。さっさと退《ど》け。オデの食事の邪魔をするナ」

「……吸血鬼の無法を許すとでも？」

鞘《さや》から片手で銀剣を抜いて吸血鬼に対して構える。リュウトならばともかく、相手は普通の吸血鬼だ。上級で、かなり強者だが聖魔法が効くならば戦いようはある。

周囲の吸血鬼たちも厄介だがおそらく中級以下。ならば戦えないことはないはず……！

「えーっど。確か……オマエはあの村を忌まわしく思ってるハズ」

ベアードは思い出すかのように告げてくる。

「……!?　な、ならなんだって言うのよ！」

思わず図星をつかれて声が上ずってしまった。なんで吸血鬼が私の心を分かって……！

「オデはオマエの報告書？　の内容を知っている。あの村を壊滅させれば、もうオマエは悩む必要はナイ」

「な、なにを言って……！」

私の言葉に対してベアードは、顔をポリポリしながら話を続ける。

「今回の村の被害はすべてあの吸血鬼がやったことになる。その噂が広まれば人間は二度と吸血鬼の統治を認めなイ。つまり吸血鬼は……えーっと、なんて言ってたっけ……悪？　そうだ、悪であり続けるダ。つまりオマエの望み通りダ？」

「……!?」

私は咄嗟《とっさ》に反論できなかった。

この村は私にとっては異物で、認めたくない存在だ。吸血鬼は人を襲う悪であるから、人と共生なんてしてはならない。ゆえに、この村は認められない。

「あ、そうそう。それとオデたちに逆らったら吸血鬼狩りギルドに逆らうことになる。つまりオマエ、除名?」

「っ!?」

「だからオデたちを見逃せ。それで村から離れロ」

銀剣を構えた手がどんどん下がっていく。私はこの吸血鬼に逆らう理由がない。彼を見逃すだけで私を悩ませていたモノは消え去る。対して見逃さなければそれはならない。それればかりか私は吸血鬼狩りギルドから追い出されて……。

「はやく剣をしまえ。オマエの持ってる書状?　が目に入らぬか」

「…………は、い」

吸血鬼に命じられるがままに銀剣を鞘にしまってしまう。仕方ない、これが吸血鬼狩りギルドの命令なのは間違いない。私がこの村について悩んでいるのを知っているのは、定期的に報告書を送っていた吸血鬼狩りギルドの者だけだ。

ならこれは吸血鬼狩りのために正しい。きっとあの村を犠牲にすることで、これから大勢の人が吸血鬼の被害から助かるのだろう。

村の人は本当に可哀《かわい》そうだし、きっとリュウトは今後も村人を襲わない気がする。でもこれが正しいんだ。

ベアードは私の態度を見て下卑《げび》た笑みを浮かべた。他の吸血鬼たちもニタニタと愉悦そうに笑っている。

「うへへ、こりゃ気持ちいいべ。吸血鬼狩りがオデの命令に従うとは」

ノシノシとドラクル村の方へと歩いていくベアード。

きっとこれが正しい。

「ふはは、村の人間吸い放題とはよいな！」

これが正しい、これが正しいに決まって……。

「くくく、吸血鬼狩りが絶対に来ないとはな。ならばゆっくりと食事ができるというもの」

正し……い……。

「村人は一人も逃すなよ？　せっかくの食事がもったいない。全員吸い殺す」

「…………待ちなさい」

「んダ？　もうオマエはどうでもいいダ。オデはこれからお楽しみ……」

「待ちなさいって言ってるのよ！」

気が付けば叫んでベアードの前に立ちふさがっていた。再び銀剣を右手で鞘から引き抜くと、ベアードは私を見て頭をポリポリとかきはじめた。

「んー？　まさかオデに立ちふさがる気かー？　えーっとこの時は確か……ギルドから除

名されてもいいダか？」

「……よくはないわ。でも……」

少しだけ言い淀《よど》む。故郷がない私にとって、吸血鬼狩りギルドは家みたいな存在だった。でも認められない、たとえなにを捨てようとも。

私は左手で持っていた書状を捨てて両手で銀剣を構えた。

「悪い吸血鬼が村を襲うのだけは、どんなことがあっても見逃せないのよ！」

「んだぁ!?」

ベアードに向けて銀剣を斬《き》りつけたが、後ろに跳躍されて回避された。銀剣が思い切り地面に叩《たた》きつけられる。

奴は私を怒りの形相で睨みつけてくる。

「おいおいあいつめ、話が違うじゃねぇか……まあいい、邪魔するならオマエの血も吸ってやル！　上級吸血鬼たるオデに歯向かう愚か者ヨ！」

このベアードは相当強い、それは漂ってくる魔力だけで分かる。こいつを抑えてくれる者がいるならともかく、私ひとりでは分が悪い敵。

上級の中でも上位、特級に片足を突っ込んだ怪物と聞いている。さらに他の吸血鬼たちまでいる。挙句に現在は夜、吸血鬼がもっとも強い時間帯。いまの私では勝てないかもしれない……それでも！

「うるさい！　下級だろうが上級だろうが特級だろうが、吸血鬼狩りが『人を襲う悪い吸血鬼』は見逃さない！」

吸血鬼たちに向けて、いや自分の心に対して宣言する。

「聖なる陽よ、闇を晴らせ！」

私の体から光が放たれて、周囲が明るく照らされる。

多勢に無勢、数では圧倒的に不利だ。だが最悪でもこいつらを村に行かせずにここで抑えて時間を稼げばいい。そうすればあいつが来て……。

そんな妙な考えが頭をよぎって私は思考を振り払う。

私はなにを考えているの？　私が吸血鬼を頼りにして待つ？　そんなバカなことはないわ！

こいつは私が倒すのよ！　吸血鬼狩りが吸血鬼を頼ってたまるか！

それに時間を稼ぐのは間違っていない！　でもそれは夜が明ければ吸血鬼は逃げるしかなくなるからだ！　それにそもそも勝てない相手じゃないわ！

「ぐおおおぉぉぉ!?」

「眩《まぶ》しいぃ！　不快な光を出すなぁ！」

ベアード以外の吸血鬼たちが嫌悪の表情をしながら、私を包囲して四方から襲い掛かって来る。

「……っ！」

私は聖魔法を発動しながら彼らの爪の斬撃を避ける。四方からの攻撃、だけど遅い……！　本来ならば超人的な身体能力を誇るのが吸血鬼だ。だが彼らは聖魔法で弱り、いまは人よりもやや遅いくらいの動きになっている。

「じぇやあっ！」

吸血鬼のひとりが牙で噛みつこうとしてきたので、銀剣を振るうことでけん制する。

「こんのぉ、ちょこまかとっ！」

さらに吸血鬼が私に爪で襲い掛かる……と見せかけて、足払いをしかけてきた。それを軽く後ろに飛んで回避する。あいつに比べればかなりお粗末な攻撃だ。

散々にこかされたのは、どうやら無意味ではなかったらしい。すごくしゃくだが。

「聖光よ、奔《はし》れ！」

右手を剣から離して吸血鬼の一体に向ける。手から放たれた光の線が、吸血鬼の心臓部分を貫いた。

「ごはっ……ば、馬鹿な……!?」

貫かれた箇所を押さえながら、闇となって消えて行く吸血鬼。このまま数を減らしていければ、話は早いのだが……。

「おいオマエらなにしてる。オデがやる」

やはりベアードが出てきてしまった。他の吸血鬼と違ってこいつは別格だ。

「オオオオオォォォォォォォォォッ!!」

ベアードは空に向かって鬼のように咆哮《ほうこう》すると、私に向けて襲い掛かって来た。

やはり他の吸血鬼より速い、でも……あいつほどじゃない！　私は繰り出された拳を回避する。奴の拳は勢い余って地面に直撃し、大穴をあけてしまった。やっぱりこいつのパワーは凄《すさ》まじい……まともに受けたら一撃でやられかねない。

でも私は銀の鎧や銀剣を装備している。聖なる光を銀で強化して放出している以上、奴だって迂闊《うかつ》には私に触れないはず。この光は日光と同様の性質を持つ。弱い吸血鬼なら浴びるだけで蒸発し、強いのでも弱体化は免《まぬが》れない。

私の聖魔法であるこの光と銀が持つ聖なる力が合わさっていれば、奴が銀の鎧にどこかしら触れた瞬間にその部位が蒸発するだろう。

「ウオオオオオォォォォ！」

ベアードはさらに連続で拳を放ってくる。普通にガードして受けることで、敵の体を蒸発させてもよかった。だが、ゾワッと嫌な寒気が背筋を走り、すべていなして避ける。力はあるけど動きは遅い、少なくともリュウトとは比べ物にならないほどに。

それにコイツと戦うことで確信できた。以前よりも自分の動きがよくなっていることを。

毎日毎日、ボコられているのは無駄ではなかったようね！　本当にしゃくだけど！

「うごぉぉぉぉぉ！　体が動きづらいぃぃぃぃぃ！　その汚い光のせいだぁ！」

「聖魔法を舐《な》めないでよね！　この光の前では吸血鬼は全力を出せないはずなのよ！　例外がひとりいるけどね！」

私の戦い方は聖魔法で敵の動きを束縛して、さらに高威力の魔法を叩《たた》きこむ。もしくは聖なる銀剣で浄化する。吸血鬼相手ならば強力な戦法だ。

……リュウトには全く効果がないせいで、少し、いやだいぶ自信をなくしてたけど！

このまま戦えば勝てるのでは、と思った瞬間だった。ベアードは攻撃をやめて少し下がると、ニタリと笑みを浮かべてきた。

「フヒヒ、でもオデ知ってる。オマエの戦い方全部」

「だからなんなのよ」

ベアードは口をクチュクチュと、なにかを含んでいるかのように告げてくる。嫌な予感がして剣を持つ手の力を強めた。

「オマエの力、厄介。でもそれは聖魔法と銀と聖水を組み合わせてる。じゃあどれか無力化すれば弱体化してオデでも触れる！　ぺっぇぇぇぇぇぇ！」

ベアードはいきなり息を吸うと、私に対して液体を吹きかけてきた⁉　剣で防ごうとするが液量が多すぎてとても防げない⁉

「きゃっ……⁉　なにこれ汚っ⁉」

臭いツバが体に付着して……いや違う。ツバじゃない！　赤い血なまぐさい液体、これは……！

「フヒヒ、人の血を魔法で操ったダ。これで銀の聖なる力は弱まる。オマエの強い聖魔法弱くなる。オデ、事前に少し血を吸ってきた。オマエと戦うこと考えて対策してきダ……うう、血がもったいないダ。あとで舐めるダ」

「……っ!?」

この吸血鬼、私の戦い方を知ってる……！　いや考えてみればおかしな話ではない。こいつはどういうわけか知らないが、吸血鬼狩りギルドの書状を持っていたのだから……！

「吸血鬼狩りばかりオデたちの対策してズルい。オデもする、これで平等。平等なら……オデたちの勝ち！　オマエら、やっちまえダ！」

ベアードは私に対して醜悪な笑みを浮かべてきた。それと同時に周囲で控えていた吸血鬼たちが、私にまた同じように襲ってきた。

また敵の動きを見切って攻撃を回避し続ける。だが吸血鬼の爪がわずかに髪をかすって、少し切れてしまった。

先ほどはかすりもしなかった。私の聖魔法が血で弱まったせいで、吸血鬼たちはさっきよりも速くなってしまっている。でもまだ避《よ》けられる！

「はあああああああ！」

「「「ぐぅ!?」」」

聖魔法の光を強めて吸血鬼たちの隙をつくりだした。

懐から聖水の瓶を取り出して、ふたを開こうとする。血なら洗い流してしまえば……。

「あーもう面倒ダ。とっておきダ」

少し離れたところで見物していたベアードが、顔をしかめながら私を睨んでくる。様子がおかしい、早く聖水で血を洗い流して……。

「だから私は人間が大好きなのです」

「なっ……そ、その言葉……!? なんでお前が知って……!」

夢で何度も苦しめられてきたアイツの言葉、思わず激高してしまった。一瞬、集中力が完全に切れて聖魔法の発動を途切れる。その瞬間、ベアードが私の目の前にいて……。

「がっ……!?」

「おー、痛いけど触れるなぁ。これなら殴って殺せセル」

私は殴り飛ばされ、地面に転がった。打撃の損傷で口から血を吐く。腹部の銀鎧には奴の拳の跡がくっきりと残っている。

「げほっ……」

立てない。それどころか周囲の景色が薄暗くて見えづらい……改めて発動した聖魔法が維持できずに切れかかっている。

「ぐへへ、吸血鬼狩りの血ヲ飲んでみたかっタ。オマエ処女カ？　処女ならさらに豪華ダ」

ベアードは私を片手で持ち上げると、口を大きく開けて私の首筋に近づける。

「……答え、ろ。なんでお前がその言葉を知って……」

「オデも詳しいことはなにも知らない。これを話したらオマエが動揺すると聞いただけ」

ベアードは興味なさげに顔をポリポリとかいた。さっきから話す限りでも腹芸などができそうにないし、この状況で私に嘘をつく理由もない。本当になにも知らずに伝えられた言葉を告げただけだろう。

きっとこいつの裏にあいつが……私の村を襲った吸血鬼サイディールがいるのだ。

そう考えると余計に怖くなる。あの少女が数年ごしに私を殺しに来たのだと思うと……。

「じゃあいただきまス」

「…………っ、まだっ！　極光よ、怒れ！」

落ちそうな意識を奮い立たせて、半分無理やりに聖魔法を発動する。私の体が先ほどよりも強く輝く。

「ぐおおおおぉぉぉっ!?　ま、まだやる気カ！」

ベアードは不意をつかれて私を投げ飛ばした。奴の体は光によって焼かれて火傷をともなっていた。

「ま、負けるわけにはいかないのよっ……！」

剣を杖《つえ》にするようにして立ち上がる。そう負けられない、私がここで負けたら後ろにある村が吸血鬼によって地獄と化す。もうあのときのようなことは嫌だ。それを防ぐためなら、命を投げ捨ててでも！

「聖なる陽よ！　我が命を糧《かて》として、大いなる闇を祓《はら》え！　神の微笑をわずかに極点に降らせ！」

ひるんでいるベアードを睨みながら、極級聖魔法の発動を試みる。発動者にもすさまじい反動のある魔法だが、放てばこの岩場一帯の吸血鬼は全部浄化できるはずだ。

捨て身の一撃だ。こんなボロボロの状態で放てば、たぶん私もただでは済まない。

でもその分だけ威力は間違いない。たとえ目の前の上級吸血鬼だろうが、いや特級だろうがそうそう耐えられないはず！

無辜の人を守るために、私は吸血鬼狩りになったんだ。なら命を懸けても安くはない！

「生命を秘守する神秘をここに……！」

「い、いやあああぁぁぁ!?」

呪文を紡いで魔法を放とうとした刹那《せつな》、高い悲鳴が聞こえた。そこに目を向けると……

吸血鬼が片手で少女を持ち上げていた。

あ、あれは……メルちゃん!?　なんでこんなところにっ!?

「おっとそこまでだ！　お前が魔法を撃てばこのガキを殺すぞ！」

吸血鬼はメルちゃんの頬を爪でわずかに切りつけた。柔らかそうな肌から血が垂れている。

脅しではない……！　吸血鬼が人を殺すのが、脅しであるわけがない！

ここで私が聖魔法を撃ったら、あいつは死ぬまでにメルちゃんを殺して……。

「むんっ！」

「か、はっ!?」

気づいたときには私はベアードに腹部を殴られていた。吹き飛ばされて地面を転がり、手放してしまった剣がカラリと音を立てて倒れる。

体に力がはいらない。立ち上がれない、周囲がぼやける。

「お姉ちゃん!?　アリエスお姉ちゃん!?」

メルちゃんの悲鳴が聞こえてくる。泣いている。でもその姿を見るために顔を動かすこともできない。

「ありがとよ。お前がここにいてくれたおかげで、あの吸血鬼狩りは死ぬ」

「そ、んな……私のせい……」

違う、吸血鬼たちのせいよ。そう告げたくても声が出ない。

「くひひ。面白い余興を思いついたゾ」

私の体が宙に浮く。ベアードが片手で持ち上げたようだ。

そして私をメルちゃんの目の前まで運んだ。他の吸血鬼に捕らえられているメルちゃんは、私を見て泣いていた。

「吸血鬼狩り。オマエはいまから目の前で守れなかった少女の悲鳴を聞くんダ。吸い殺されるところを特等席で楽しメ」

「……や……」

声が出ない。やめろとすらもう言えない。

「あ、あ、あ………」

吸血鬼が牙を剝《む》いて、メルちゃんの首筋に顔を近づけていく。

メルちゃんの姿が幼いときの私に見えた気がした。

私はなにもできない。なにかしたいのに。またあの時と、故郷が燃やされたときと同じようになにもできない。

私はみんなを守るために吸血鬼狩りになったのに。自分と同じ立場の子をつくらないために頑張ったのに。

目の前で起きることはあのときの再現だ。

「お姉ちゃん、ごめんなさい……ごめんなさい……」

メルちゃんは私に謝ってくる。違う、謝るのは私の方だ。

吸血鬼狩りなのに、彼女を助けるべき立場なのに。助けるために力を持ったはずだったのに。

吸血鬼の牙はもう、メルちゃんの首筋に当たる。助けるべき吸血鬼狩りは来ない、だってその役の私がこのザマなのだから。

メルちゃんが噛まれる瞬間、見たくなくて目をつむってしまった。彼女の噛まれた痛みによる悲鳴が…………聞こえてこない。

おかしい、噛まれたら痛いに決まっている。なのになにも声を出さない？

怖い、目を開けるのが怖い。でも恐る恐る瞼《まぶた》を上げると。

――首から上がない吸血鬼が、バタリと地面に倒れた瞬間だった。

え？　メルちゃんは？　いったいどうなって？

「オマエ、何者ダ」

ベアードの困惑する声。体の痛みに耐えながら首を少し動かすと。

「少しばかりズレた吸血鬼だ」

気絶したメルちゃんを抱きかかえる、変な吸血鬼がそこにいた。

……遅いのよ、馬鹿。

「悪いな、待たせた。あとは任せろ」

リュウトは私に向けて宣言してくる。そんな彼を見て少しだけ……安心してしまっていた。

危うく吸血鬼に噛まれそうになっていたメルを担ぐ。

メルは恐怖のあまりに気絶してしまっていたが、噛まれなかったので外傷はなさそうだ。

さらに倒れているアリエスのそばへと走った……うわ血まみれじゃん。すごい大怪我《けが》、いやこれはアリエスの血じゃないな。匂いで分かる。

腰を下ろして彼女の体を確認する。

鎧の腹部に拳の跡がある……。アリエスに手をかざして、急いで血魔法で彼女の内部を探る。銀とはいえど鎧に跡がつくほどの打撃だ、内臓は……どうやら無事のようだ。

「大丈夫、よ……」

アリエスは立ち上がれないようで小さな声で呟く。

「本当か？　頭を打ったりは？　意識や記憶はしっかりしてるか？」

「ふふっ……むしろ、少し前よりも頭はすっきりしたわ。それより……あいつ、倒すんでしょ？」

アリエスは指をさした。その方向にいるのは敵の吸血鬼。俺の耳はかなりよい。そのため彼女らの話は途中から聞こえていた。

せっかくの吸血鬼がやって来たのに襲撃とは残念だ。

それと同時に遅れてきたミナリーナが、イーリを抱っこしたまま空から降り立って着地する。

「ちょうどいい。イーリ！　アリエスとメルを頼む！」

「心得た」

イーリは親指を立てると、ミナリーナから降りてアリエスのそばへ駆け寄った。

俺も担いでいたメルをアリエスの隣りに優しく寝かせた。

「アリエス、なにか言い残すことは？　最後に食べたいものは？」

「看取《みと》れということではないですわ、きっと」

「勝手に殺さないでくれる!?　いたた……」

……大丈夫かなぁ。まあイーリは医者でもないから、大したことできなくても仕方ないか。それとアリエスが元気そうでなにより。

「おい、お前らはなんだ？　念のために聞くが村への移住希望者ではないな？」

俺はガタイのよい吸血鬼に向けて告げる。

こいつとアリエスの会話は途中から聞いていたので、だいたいの状況は知っている。だが念のための確認だ。

「オデ、村の人間の血を吸いに来た。邪魔するナ」

ベアードは吐き捨てるように口を開いた。やはりな、だがここでこいつらを即座に拒絶してはならない。

吸血鬼が人の血を吸うのは当たり前だ。だからこそ、対話を試みて交渉しなければならない。

そのための血税システム、襲わなくても血が吸える環境をつくったのだから。

「悪いがこの村は俺の所有物でな。吸血鬼が人を襲うのを禁じている。俺は吸血鬼と人の共生を目指しているんだ。お前たちが襲撃したのも許してやるから、ここの住人にならないか？　血なら分けてやる」

俺はベアードに向けて手を伸ばす。

こいつらも食料を求めて、生きるために襲撃してきたのなら。この村の仕組みを知ってくれたら、すでに移住してきた吸血鬼と同じように……。

「おお。それはありがたい。人の血が吸えなくて困っていたダ」

ベアードは俺の言葉にうなずいた。

「不自由なく人の血を吸えるなら、この村に移住してもよいな」

他の吸血鬼も同意をしめす。口元に噛み殺すような笑みを浮かべながら。

「ああ、そうだな。なんて素晴らし……ぷっ、いや無理だ！　笑いがこらえられぬ！」

………。

「くくっ……！　聞いてはいたが本当に人と共存だと！　なんと馬鹿な話か！　ここまで笑ったのは初めてかもしれぬ！」

「俺は吸血鬼と人の共生を目指しているんだ……ハハハハハ！！！　我らを笑い死にさせるつもりか！」

「バカだ！　オマエはバカダ！　吸血鬼と人の共生⁉　ははははっ！　無理に決まってるだロ、バァカ！　夢は棺桶《かんおけ》の中で見るもんだロ！」

吸血鬼たちの嘲笑が夜闇に響き、俺の差し伸べた手は行き場をなくした。

『無理に決まってる』か。俺もシェザードに言ったことがある。だが……いまは。

「……最後だ。俺の手を取るつもりはないか？」

「いいゾ！　取ってやル！　村の人間全て、吸血した後でナ！　くくく！　人と吸血鬼の共生なんて、そんなバカなこと思いつくのある意味天才ダナ、オマエ！」

ベアードの叫びに同調するように、他の吸血鬼たちもあざけるように嗤《わら》う。残念だ、本当に残念だ。

俺が馬鹿にされるのはよい。俺だって同じことを言った人間だから、こいつらを非難する権利はない。

だが……真剣だったシェザードを、あいつの必死の想いをあざ笑うのは。

「さてそろそろ腹ヘッタ。吸血鬼同士で戦う意味もナイ。オマエは無視して村を襲ウ」

「……逃がすと思ってるのか？」

「むおっ⁉」

俺はベアードに瞬時に肉薄すると、そのあごにアッパーをぶちかます。顎が浮いたのを見てさらに腹部をぶん殴った。俺の拳は奴の腹を貫通して、ベアードの全身が闇になる。

そして闇が集まって奴の体が構成された時、すでに腹部の穴はなかった。

「オマエ強い。でもムダ、吸血鬼同士で戦っても互いに殺せない」

ベアードはポリポリと顔をかきながらため息をつく。

いや奴だけではない。先ほど俺が首を刎《は》ね飛ばした吸血鬼も、すでに首が再生し終えて俺を見て嗤っていた。

「夜の吸血鬼は弱点をつかれなければほぼ無敵ですわ。そして吸血鬼同士ならその弱点がつけない。つまり互いに互いを殺す手段がほぼないので、戦っても無意味が常識ですわ。その場合はどちらかが退《ひ》くのが不文律ですわね」

ミナリーナが補足してくれる。言われてみればそうだな。

吸血鬼は驚異的な再生力を持つ上に、一定以上のダメージを受けたら闇になってしまう。つまり聖魔法などの弱点をつかない場合、大魔法で完全消滅させるなど狙わないと。火あぶりにするのも効き目はあるかもしれないな。

「そういうわけで邪魔するナ。オマエの妨害受けながらでも、人間くらい簡単に殺せル。

オデたちを止められないダ」

俺に背を向けて村に向かおうとするベアード。だが逃がすかよ。

「おいおい、吸血鬼にも同族を殺す手段はあるだろ。例えば大岩でつぶして動けなくして、夜明けまで待って日光でひたすら日干しにする。もしくはその状態で聖水やニンニクをあびせるとかな」

上位の吸血鬼はそうそう蒸発はしないが、昼ならば殺せそうな雰囲気がある。吸血鬼の日干しだ、三日三晩さらして干物にすればさすがに死ぬだろ。

もしくは体を塵《ちり》も残さず消滅させる攻撃とかもどうだろうか。

「……あなた、なかなか考えることがエグイですわね」

「鬼、鬼畜、冷血鬼、悪鬼羅刹《あっきらせつ》」

「吸血鬼狩りでもそんな発想するのはあまりいないわね……」

「お前らどっちの味方なの？　まあいい、確かにこの殺し方は多少迂遠《うえん》というか面倒なのは認めよう」

「「多少……？」」

おかしい。なんで俺が悪く言われてるんだ……？

「とにかくだ。今後の村での吸血鬼を招いての統治を考えると、暴れる吸血鬼も出てくるだろう。その時に俺が取り締まれないと話にならない。それこそこいつみたいなのが来た時に困る」

俺はベアードに向けて言い放つと、奴は馬鹿にするように牙を剥いた。

「困ってもムダダ。オマエ、オデたちを止められない。吸血鬼は吸血鬼を殺せない」

「くくく。共生などとほざくバカだけあって、思考能力が欠如しているな」

さらに他の吸血鬼たちも笑い出す。吸血鬼は吸血鬼を倒せない、それが常識なのだ。奴らの油断はすごく理解できる。

「ふんっ！」

力を見せつけるためだけに、地面を少しだけ力をいれて殴る。

その瞬間、大地がグラグラと揺れ始めた。広範囲に亀裂が入っていき、周囲にあった大岩たちがその衝撃で破壊される。

「な、なんという力……!?」

「と、特級か！　だ、だがそれでも我ら吸血鬼は、いくら力があったとしても……!?」

吸血鬼たちは俺の力を見て動揺しているが、それでもなお負けるとは思っていない。いくらやられても再生できるというのが、恐怖を薄めているのだから。

どれだけ腕力が強くても吸血鬼は倒せない。

……シェザード、お前は間違っていなかった。

俺という少しズレた吸血鬼を誕生させたことを。それをここに示そう。

「分かってるよ。お前らみたいなのが吸血鬼の大多数で、人と吸血鬼の共生が簡単ではないってことはな」

「簡単ではない？　無理だと言っている！　我らは人を襲い、人は血を吸われる！　それが摂理ダ！」

ベアードの叫びは正しい。

だが俺が呼ばれた理由は、その摂理を壊すためだった。

「ミナリーナ！　ちょっとここから離れてくれ！」

「あら？　なにをするつもりか存じませんが分かりましたわ」

ミナリーナは翼をはためかせて空へ上がり、俺のいる場所から距離を取った。これならば思う存分やれるな。

さて、俺が吸血鬼を倒す方法はいくらでも思いつく。たとえばアリエスから銀剣を借りてボコってもよい。弱点の銀であれば闇にもなれず一方的に攻撃できる。

（だがそんなチャチなことではダメだ。俺はこいつらを圧倒的な力で叩きつぶさなければならない。他の吸血鬼への見せしめのためにも）

俺はならなければならないのだ、吸血鬼が人を襲うことへの抑止力に。吸血鬼にすら恐れられる存在に。

そうでなければ吸血鬼は必ず人を襲う。血を吸いたいという衝動は強烈だ。それを止めようとするならば、言葉でお願いした程度では無理。

「お前らの本能を抑える方法はいろいろと考えた」

吸血鬼たちに言い放つ。

本能を抑える方法、それは動機だ。吸血鬼たちに抱かせるのだ、人を襲わなくなるほどの強烈な動機を。

動機の理想は愛着だ。吸血鬼たちが人に愛着を持てば、きっと簡単には襲わなくなる。人は鳥を食べるが、ペットで飼っている鳥を食べることはしない。それは愛着があるからだ。

だが……愛着をすぐに湧かせるのは不可能に近い。

ならばどうするか。答えは簡単だ、生命にとって最も命の根源に関わる感情……恐怖を抱かせる。

目の前の奴らは俺の敵だ。何度も手を伸ばして、その手を拒否した言葉の通じぬ者。こいつらを見逃せば、また村を襲ってくるかもしれない。

俺は吸血鬼たちに向けて手のひらをかざす。

「見せてやるよ。お前らがバカと嗤った奴の一念を。これがあいつの、引き起こした奇跡だ」

念じる。魔法を。ただしそれは血ではなく……吸血鬼あらざる力。闇を祓《はら》う、相対する極光……。

「〈聖なる光よ、闇を晴らせ〉！」

「「「!?」」」

俺の手から光が溢《あふ》れ出し、闇を照らしていく。

聖魔法。それは対吸血鬼、いや闇に対する特効魔法。

当然ながら闇の者は扱えない。熱に弱くて体が溶ける生物が自ら炎を吐くわけがない。

同様に吸血鬼が自ら死ぬような光を出せるわけがない……というのもおかしな話だ。

動物にだって自分の出した毒で死ぬものもいる。聖魔法を毒とみなすならば、吸血鬼が使えてもおかしくはない。なにより……俺は普通の吸血鬼ではない。日光だって散々浴びてるし、聖魔法も散々受けまくって体で覚えた。

それにコッソリと村の外で自主練もしていたのだ。吸血鬼への脅しに使うためにたまにな。ちょっと練習の余波で森が元気になったけど些細《ささい》なことだ。

こっそり練習していた理由？　ここぞの場面でド派手にぶちかまして、村人たちを驚かせるためである。

それはともかくとしてだ。彼らの本能である吸血衝動を止めるには、根源的な恐怖が必要だ。絶対的な力がもたらす、死への恐怖が。

俺の手から光の奔流《ほんりゅう》が放出される。三メートルを超える太さの眩《まばゆ》い光線、それは前方で笑っていた吸血鬼の一体をのみ込んで瞬時に蒸発させた。

「……は？」

他の吸血鬼たちは唖然としていた。吸血鬼である俺が聖魔法を放って、同胞を消滅させたことに理解が及んでいない。

こいつらは己の吸血鬼の力を過信しすぎたな。咄嗟《とっさ》のことに反応できていない。

そして、聖魔法はまだ俺の手から放出され続けている。それを理解できてないのもミスだ。

俺は手を横薙《な》ぎに振るう。すると光線がムチのように手の動きに追随し、他の吸血鬼たちをまとめて薙ぎ払うように動いた。

「ムオッ!?」

ベアードが咄嗟に地を蹴って空へと飛び、俺の聖魔法の光から逃れる。他の吸血鬼も追随するように跳躍するも、出遅れた上にジャンプ力が足りない。

「ぎ、ぎあああぁぁぁぁぁ……」

「ざえええぇぇぇぇぇ……」

残りの吸血鬼たちも横薙ぎに動く光の線にのまれて蒸発していく。

唯一生き残ったベアードは、背中にコウモリの羽を出現させて空に留まっている。

「そ、そんなバカナ!?　せ、聖魔法による太陽の光!?　きゅ、吸血鬼が使えるハズガ!?

「チッ!?」

先ほどの余裕はどこへやら、ベアードは俺に背を向けて、飛んで一目散に逃げようとする。が、ものすごく遅い。あくびが出るほどに。元々俺の方がかなり速かった上に、ベアードは先ほどより動きが鈍くなっている。奴は聖魔法の光の余波で弱体化したのだ。

俺は本気で地面を蹴り跳躍すると、空を飛んでいるベアードの正面に立ちふさがった。

「きゃ、きゃあっ!?　なにっ!?」

「地震地割れ」

下にいるアリエスやイーリが悲鳴をあげる。

しまった。全力でジャンプしてしまったせいで、地面にクレーターをつくってしまった。

「バカナ!?　オマエ、オマエ本当にナンナンダ!?」

いきなり眼前に迫ったことに驚いたのか、ベアードが目を見開いている。

「だから言ってるだろ。ズレた吸血鬼だって。お前は他の吸血鬼よりもちょっと丈夫そうだな。念を入れさせてもらう」

ベアードの肩をわし摑《づか》みにする。これでもう逃げられない。

「聖なる陽よ。我が命を糧として、大いなる闇を祓え」

俺はゆっくりと思い出すように呪文を唱えていく。

「ちょ、ちょっと!?　その呪文は捨て身の聖魔法よ!?」

アリエスの声が聞こえる。当然それは理解しているが、その上で俺は大丈夫だと判断しているのだ。

彼女の言葉には語弊がある。

――人であれば捨て身の魔法、だ。

「ま、マデ!?　そ、その呪文ハ!?」

ベアードが血相を変えて必死に俺の腕を摑《つか》んで、わし摑みから逃れようとする。どうやらこの魔法を知っているようだ。だがベアードの摑む力はすごく貧弱だ。

俺に対して必死に蹴りも放ってくるが弱々しい。これならイーリの毒舌の方がよほど痛いな。

「神の微笑をわずかに極点に降らせ」

「ハナセェ！」

さらに暴れるベアード。必死にもがいて俺の腹や胸を殴打してくるが、まるで痛くもなんともない。さらに奴の首が少し伸びて、牙で俺の腕へと噛みついてきたが。

「オエエエェエエェ!?　ニンニクぅ!?　オエエェエッエエェ!?」

……普段よくニンニクを食べているせいだろうが、なんかニンニク臭いみたいで少し傷つくな。

ま、まあいい。残念だったな、やぶれかぶれの攻撃もムダだ。

では最後の言葉を紡ぐとしよう。

「生命を秘守する神秘をここに」

「や、ヤメロぉ！　ヤメロォォォォォォォォ！」

ベアードの悲鳴と俺の詠唱が重なり合う。だが外からいくら声が重ねられたところで、魔法の発動の阻害などできはしない。

俺の体がまるで太陽のように輝きだした。

「ぎ、ギアアアアアァァァァァァ!?」

ベアードはその光にあぶられて白目を剝いている。だがまだ俺の魔法は発動し切ってない。

「そ、その魔力、そして異常な体……き、キザマ、まさか太陽を克服シデ……!?」

「うん」

俺がその言葉にうなずいた瞬間、ベアードの顔が凍り付く。

「が、がてるわけが……!?　に、ニゲッ!?」

ベアードの体が無数のコウモリとなって、俺の腕による束縛から逃れた。

変身魔法の応用だろうか――だがもう遅い。

「闇滅の命陽光《イレイズ・レイズ・フレア》」

そして俺の全身から光が爆発して、周囲が真昼のように照らされる。

ベアードは体を光にあぶられて、断末魔の悲鳴すら残せずに瞬時に消滅した。まるで湯水に落ちた砂糖が瞬時に溶けるかのように。

周囲を見渡すと再び暗くなり始めている。まだ余波で少し明るいとはすごい威力の聖魔法だな。人が使えば反動が強すぎて、捨て身の魔法というだけのことはある。

先ほどの聖魔法は俺の体も襲った。あの熱量を受ければ人間なら死にかねない。だが俺の体はあの程度では火傷すら負わない。

それとこの付近は岩場だったのだが、草花が生い茂る草原へと早変わりしていた。

聖魔法は植物の成長を促進させる効果があり、先ほどの過剰な光を浴びて地中の種などが育ってしまったのだろう。枯れ木ならぬ荒れ地に花を咲かせましょうみたいな。

ベアードがもう再生しないのを確認して、俺はアリエスたちのいる地上へと降りた。

するとすでにアリエスは立ち上がっていて、俺のもとへ駆け寄ってくる。

「わ、私より遥《はる》かに強い聖魔法って……おかしくない!?　どうして吸血鬼が聖魔法使ってる上に、銀の聖女と呼ばれた私より強いのよ!?　しかも聖極級魔法なんて使って平気なの!?　この草原なんなのよ!?」

「リュウトダメだよ。これじゃあアリエスの唯一の特徴が消えちゃう」

「待って？　私の特徴って聖魔法だけなの？」

……アリエスから聖魔法を奪ったら、確かに特徴ほとんどなくなるかも。言わないでおこう。

「ひ、酷《ひど》い目に遭いましたわ……」

ミナリーナが俺と同じように空から降りてくる。少し肌に火傷を負っていて、髪なども
チリチリになっていた。

「お、おかしいですわ。ここまで離れていれば安全と思いましたのに……」

しまった、聖魔法が強すぎて空に避難していた彼女まで巻き込んでしまったようだ。

しかもなぜか彼女の衣服の一部が焼け焦げていて、ただでさえ森でボロボロだったので
かなり劣情を誘う感じになってしまっていた。

聖魔法って服は燃やさないはずなのだが……なに？　そういう光なの？

「ねえ待って？　私の特徴って聖魔法だけなの!?　違うわよね!?」

「……大事なのは特徴の数じゃない。質だ」

「それって聖魔法しか特徴がないってことじゃない!?」

各自思い思いに感想を抱きつつ、俺たちは完全勝利したのだった。


村の地下にいた吸血鬼たちは、地上の騒動を把握していた。

「どうやらバカな吸血鬼たちが、この村を襲撃しているようだぞ」

「なんとバカな奴らだ……死んだな。日光浴をするくらいバカだ」

吸血鬼たちは全員がうなずいた。彼らは以前に地下室で見ていたのだ、リュウトの聖魔法を。

「……ぜ、絶対勝てないですよね……」

「無理だな。聖魔法を扱える吸血鬼など反則の極みだ。吸血鬼で勝つことは不可能。愚かな連中だ、心変わりでもすれば助かるだろうが……」

サフィとベリルーが呟く。

彼らにとってバカな連中とは、村を襲撃した吸血鬼たちのことだった。

そして地上から強力な魔力反応が発生し、地下の吸血鬼たちは全員が天井を仰ぎ見た。

感じたのだ。リュウトの強大な聖魔法を。そして襲撃してきた吸血鬼の末路を。

「我らはあの者に逆らってはならない。村人を襲ってはならんぞ。さて地下室を拡大しようではないか。ここを住みよくするために」

「も、もちろんです……」

「大人しくしてれば、血はもらえるしな……」

ミナリーナは呆れていた。

彼女の視線はベアードを蹂躙《じゅうりん》したリュウトと、そして彼が跳躍した反動でつくられたクレーターだ。

(ベアードも最後に気づいたようですわね。リュウトの力の理由を)

吸血鬼は怪物だ。平凡な怪物ですら人間の上澄み、天才と言われる魔法使いに匹敵する強力な魔法を撃てる。

身体能力に関してはそれ以上だ。人の上澄みも上澄み、歴史に名を残すような戦士でもなければ、怪物に並び立つことすらできない。

だが怪物には得てして弱点があるものだ。そして、吸血鬼にはその弱点や欠点が大量にあった。

まるで人間が対抗手段を持てるように、まるで人類が滅ぼされないように、まるで吸血鬼が人を支配できないように。

(ワタクシは吸血鬼の中でもかなり強い方ですが、それでもリュウトには聖魔法を考慮せずとも、能力でまったく及ばない。それはただひとつ、簡単な理由)

ミナリーナは空を眺める。彼女が見ていたのは月。いや月のバックライトと呼ぶに相応しい根源を幻視していた。

ニンニク、聖水、銀、流れる水。吸血鬼の弱点はいくらでもある。

だが吸血鬼の最大の弱点。吸血鬼が力を振るえない束縛の大本。それは。

（太陽はいつも天にある。光が届かぬと思う夜であっても、その輝きはこの地を忌まわしく照らす。いや……ただ離れて天にあるだけでワタクシたちは弱体化する）

太陽は生命の源だ。膨大すぎる力を持った星。

昼は常に大地を照らして、夜はその光を消す……わけではない。夜であろうがその熱は例外なく星を温めるし、月によって反射した光は夜でも地に降り注ぐ。それは異世界であるこの世界でも同様だ。

つまり夜であろうとも吸血鬼は常に弱体化していて、万全の状態などという言葉は存在しない。夜は太陽の影響が少ないので、力の縛りが緩くなるというだけだ。

これは暗雲に覆われた夜であっても変わらない。吸血鬼は離れた銀山ですら影響を受けて弱っていく。ならば、太陽ほど膨大なエネルギーを持つものが存在するだけで、たとえ遠く遠く離れていてもその存在自体が吸血鬼を縛る。

血を吸う鬼は常に太陽に両手両足を縛りつけられて、その上で人を凌駕《りょうが》する怪物なのだ。

——だからその縛りがなくなったならば。

（怪物を超えた怪物。そんな貴方でなければ、人と吸血鬼の摂理は壊せない。人を襲うという吸血鬼の本能を捻じ曲げるには、あり得ざる力すら必要と）

ミナリーナは寂しそうに笑った。その眼はリュウトを捉えている。

彼女はこう考えていた、リュウトのような者はもう生まれないだろうと。

まず人の魂を召喚する魔法自体、扱える者は数えるほどしかいない。

その上で召喚魔法を扱える者が、自らの身体を譲り渡す吸血鬼でなければならない。

そんな者そうそういるはずがない。

「ミナリーナ、どうかしたの？」

そんなミナリーナにイーリが話しかけた。

（ですがその力の強さもあくまで付加価値。弱点の消えた吸血鬼だからこそ、人と吸血鬼の間で共生の架け橋になれる。ワタクシたちの失敗を繰り返さない）

ミナリーナはイーリを見て、そのあとにリュウトに視線を合わせる。いや彼女が視《み》たのはリュウトではなく、かつての友のシェザードの影だ。

（昼でも活動できて太陽で溶けないからこそ、同じ時を生きて価値観を理解し合えるから、人間と分かり合えることができる。そうでしたわよね、シェザード）

ミナリーナは小さく笑った。

「いいえ。なんでもありませんわ、人の子」

「じゃあ私も聞きたいことがある」

「なんですの？　吸血鬼であるワタクシに聞くということは、やはりリュウトとの関係の……」

「どうやったら胸が大きくなる？」

イーリの問いにミナリーナは固まった笑みを浮かべた。

「聞く相手を間違っておりませんこと？」

「人外だからこそ、人に言わない秘伝を知ってないかなと」

「……吸血鬼になれば大きくなりますわよ」

その言葉を聞いたイーリはとてとてとリュウトの元へ走っていく。

「リュウト、私を噛んで吸血鬼にして」

「は？」

「胸大きくなりたい」

「は？？？？？」

「やっぱりあの人の子、よく分かりませんわね……分かるのは血統だけですか。さてと……」

ミナリーナが目をつむって念じると、ドレスが闇に覆われていく。闇は燃えた箇所や切れた箇所を埋めるように、ドレスの一部となっていく。そうして彼女の衣装は修復された。

いや修復と言うと語弊がある。先ほどと比べて細部が違う。端的に言うと少しチャチな出来、まるで子供の着る安物のようなデザインになっていた。

「見本なしではこんなものですわね」

ミナリーナはため息をつきながらリュウトの元へと歩く。

「リュウト。ワタクシ、しばらく村に厄介になってもよろしくて？」

「おお、それは別にかまわないけど……」

「感謝しますわ」

ミナリーナはクスリと笑った。

（シェザード。数十年を費やした貴方の狂気。それが作りあげた怪物は狂った力を持っていますわ。だから見届けます、狂鬼のもたらす産物を）

シェザードのことを思い出しながら、綺麗《きれい》な赤い目をつむった。

（そして……ワタクシや貴方が失敗した共生……人と吸血鬼が対等に暮らすのを成し遂げられるかを）

リュウトたちが勝利した岩場から遠く離れた上空。

そこではコウモリの翼を背中に生やした吸血鬼――サイディール――が、この戦いの始終を眺めていた。

（まさかベアードがああも無残に殺されるとは。私はベアードよりも強いが、私でもあの吸血鬼を殺すのは無理かな）

サイディールは村の方を睨む。その表情は憎悪に歪《ゆが》んでいた。

「共生など認めません」

憎しみがこもった声で、サイディールは言葉を紡いだ。

さきのリュウトの言葉をすべて否定するかのように。

「人間と吸血鬼の共生？　ふざけるな……笑えないにもほどがある！　そんな最低最悪な願いのせいで、私は……！」

まるで本心ではないかのように、彼女は怒りをもって村の方角を睨んでいた。

彼女の鋭い耳や犬歯が縮んでいき、人と変わらぬ見た目になる。さらに銀色一色だった髪に、鮮やかな金色が交ざっていく。交ざり物の金銀二色のコントラストへと、ツインテールの右が銀、左が金に変色した。

「……おっと。いけないいけない。ちゃんと隠さないとですね……」

サイディールは自嘲気味に笑った。吸血鬼たらしめていた特徴たちが、再び元へと戻っていく。髪からも金色が消えた。

少女は落ち着くように軽く息を吐くと。

「次はもっと搦《から》め手も使いましょうか。ぜひ村人と一緒に必死に抗《あらが》っていただきたい。その上で得る血は……さぞ美味になるでしょう」

本心を偽るかのように軽く呟くのだった。

(厄介だけど別にあの吸血鬼を殺す必要はない。あの村さえ滅ぼしてしまえば私の目的は達せられる。たとえどれだけ強くても、殺せなかったとしても、私の勝利条件はアレを殺すことではない)


ベアードを倒したあと、周囲を警戒したが特に敵は残っていなかった。吸血鬼の伏兵でもいないかと思ったが懸念だったようだ。

ようやく一息つけたので、気になっていたことを聞くことにしよう。

「それで改めて話を聞きたいんだが、大丈夫か？　あのベアードと因縁があるようだったが」

俺はアリエスの方に視線を向ける。彼女は少しうつむいたあとに首を横に振った。

「違うわ、ベアードという吸血鬼自体は初めて見たくらいよ。そうじゃなくて、あいつをこの村に遣わした吸血鬼が、私の知っていた奴で、因縁があった……それだけよ」

アリエスはすごく思いつめた表情をして、俺に対して冷たく言い放つ……因縁についてはこれ以上深く聞かない方がよさそうだ。彼女自身が拒否している。

「分かった、なら因縁については聞かない。そいつの名前などを可能な限り教えてほしい」

「……そいつの名はサイディール。特級吸血鬼として吸血鬼狩りギルドで指名手配されていたはずだった。でも……たぶん吸血鬼狩りギルドと結託して、この村を襲おうとしたのよ。他にも……」

アリエスは語った。そのサイディールという奴が、吸血鬼狩りギルドに出した報告書の内容を知っていたこと。そして吸血鬼狩りギルドの正式な書状で、彼女を村から出ていかせて吸血鬼に村人を皆殺しにさせようとしたことを。

「吸血鬼狩りギルドが吸血鬼と結託だと？　司法取引でもしてるのか？　いや、それにしたって吸血鬼に俺の村を襲わせるとは……」

吸血鬼狩りギルドは当然ながら吸血鬼を狩るギルドだ。

普通に考えれば吸血鬼と手を組んだりはしない。そもそも吸血鬼自身もギルドを嫌っているので、結託なんてあり得ないと思うのだが……吸血鬼側が武力で脅されてなら分かるが、特級の強さを持つ吸血鬼がそれは考えにくい。

「ミナリーナ、なにか心当たりは？」

「特にありませんわね。吸血鬼狩りに協力する吸血鬼なんて聞いたことありませんわ」

ミナリーナは腕を組みながら小さく首を横に振った。

そのサイディールという奴はなにを考えているんだろうか。自分の天敵であるはずの吸血鬼狩りギルドに協力するなんて。まあそのサイディールという奴に関しては、そういうのがいる、ぐらいで覚えておくことにしよう。

それよりも問題なのは……。

「村を皆殺しにしようとしてくるとか。吸血鬼狩りギルド、想像より十倍くらい腐ってそうだな……」

呆れてため息も出ない。

吸血鬼狩りギルドが銭ゲバ組織なのは知っていた。だが、それも運営資金が必要だから多少は理解できるところはあった。吸血鬼を狩るというのに関しても、吸血鬼は人間を襲いがちなので分からなくもない。

だが人を守るために吸血鬼を狩るギルドが、逆に吸血鬼を使って村を滅ぼすなど酷すぎる。本末転倒にもほどがあるだろ。

「私は命令書に逆らってベアードと戦ったから、もう除名でしょうね……」

「…………すまなかった。俺のために大事だったギルドを……」

「謝らないでくれる？　私は自分の譲れないもののために戦った。決して貴方のためじゃない」

アリエスは強い眼で俺を見据えてくる。

これまでの彼女よりも少し迫力があって、迷いが消えていた。イーリもなにか感じ入るところがあったようで、アリエスに視線をぶつけている。

「アリエス……」

「イーリさん、これからは私ももう少し立ち振る舞いを考えて……」

「どんなに綺麗に言いつくろってもね。無職であることに変わりはないんだよ」

「…………」

「やめたげてよぉ!?」

イーリを少し叱ったあと、落ち込んでしまったアリエスを慰めて話を再開する。

イーリ曰《いわ》く「私も無職だった」、「慰めるつもりだった」と供述しているがハチミツ一週間禁止の刑に処した。

「分かった。ならば村を守ってくれたことに礼を言わせてくれ。ありがとう」

「そちらは受け取っておくわ。それで私はもうギルドには帰れない。だからとりあえずこの村にいさせてほしいの。今後は居座るのではなくて住人としてね。悪い吸血鬼でないなら私もひとまずは襲ったりしないわ……」

アリエスは一呼吸してさらに告げてくる。

「信じてきた吸血鬼狩りギルドは最悪の組織で、無辜の人を救うどころか殺そうとした。憎んでいた吸血鬼にも貴方やミナリーナのように人を襲わないで守る者もいる」

「私は別に守ってはいませんわ。襲わないだけで」

「襲わないだけでは信じられないのよ。……いまの自分の目で確かめたいの、なにが本当に正しいのか。吸血鬼を信用したわけじゃないけど」

「歓迎するとも」

俺の言葉にアリエスは少しだけ勝気な笑みを浮かべた。

いまの彼女なら吸血鬼が相手でも問答無用で襲ったりはしないだろう。今後も俺が村を留守にせざるを得ない時があるだろうし、その時に彼女がいてくれると助かる。

なんだかんだでアリエスの聖魔法は相当強いからな。逆に聖魔法以外は……まあお察しなんだけども。

「それで山はどうだったのかしら？　吸血鬼が住めない原因は分かったの？」

「ああ、それなら……」

俺はアリエスに金銀山があったことを説明した。すると彼女は納得したようにうなずく。

「銀山か、それなら吸血鬼が住めないのも納得ね。それにしても金山の噂しか流れてなくてよかったわね。もし銀がとれる噂でも流れたら、間違いなく吸血鬼狩りギルドが徹底的に調査して見つけたら押収していた」

「ギルドの特権すごいな」

「銀は吸血鬼狩りの必須素材、人々を守るために必要という大義名分があるわ。だから銀山に関しては強権を使えるの。従わない国が出たら他の国に総出で文句を言わせるでしょうね。ギルドは世界的に展開してるし」

「酷い……」

銭ゲバ組織に権力があるとタチ悪いなぁ。特権とは嫌な言葉だ。

「でもなんで金だけ噂になったんだろう」

「川に砂金が流れたのを見たとかじゃないの？　銀は川で見つけるのは難しいだろうし」

「言われてみれば砂銀って聞かないな」

銀に詳しいアリエスの言うことだし、たぶん本当なのだろう。……いや、でもどうなんだろうな。それこそ銀の噂が流れていたら、吸血鬼狩りギルドが押収していたわけだからな。

金の噂だけだったことになにか深い事情があったのかもしれないが、まあ、昔のことだから知る方法もないか。

「よかったじゃない。金銀山を所有できれば大金持ちよ」

「うーん……ただ領主から奪うみたいになるんだよな」

それに金銀を鉱石から剝《は》がしたりするのも技術がいる。俺が下手に力任せにやったら金銀ごと砕きかねないし。

「領主のことは気にしなくていいんじゃない？　あの山はそもそも魔物だらけで、貴方がいなければ入ることもできなかったわけだし」

「そういうものか？」

「そういうものよ。それに領主はこの村を捨てたのよ。この村の側にあった山も捨てたようなものでしょう？　それに返すわけにもいかないし」

アリエスは俺にウインクしてきた。

なんか急にズルくなった気がする……いやこちらが彼女の素なのかも。いままでは悪の吸血鬼を退治する、と自分に正しさを徹していたとか？

「まあ金銀山掌握するにしてもだ、金銀があっても加工とかできないから売れないんだよな。ミナリーナ、伝手《つて》とかある？」

「吸血鬼のワタクシに銀細工の伝手があるわけないでしょう」

言われてみれば当然だ。たとえは悪いがナメクジに塩生産者の知り合いがいるとも思えない。

「私に心当たりがあるわ。知り合いに鍛冶師《かじ》がいるから、手紙を送ってもいいわよ？」

「吸血鬼狩りギルド関係じゃないだろうな」

「違うわ。個人的な知り合いで、私の銀装備の手入れをしてもらってるの。私も鎧を直してもらわないとだし」

「分かった、なら頼むよ。これで村もかなり潤う！」

「まったく。話がすごく人間的で、貴方が吸血鬼であることを忘れそう」

こうして雨降って地固まる。ドラクル村の結束が強くなり、さらに資金源も手に入れていくのだった。

「あ、それと料理人の知り合いもいない？」

「なんで料理人が必要なのよ」

「美味しい料理が食いたい！」

イーリも上手ではあるのだが、彼女の料理は基本的に田舎料理だ。農村に住んでいるのだから当然だが。

料理のレパートリーが豊富な本職コックも雇って、地球にはない異世界特有調理方法の料理とか食べてみたい。

「……貴方、本当に吸血鬼？」

そういえばアリエスは俺の魂が人間であることを知らないのか。

いずれ教えることにしようかな。ふとそう思いながら村を見る。

さて、村がこのまま発展していけばもっと吸血鬼も人も集まってくるはずだ。

そうすれば人と吸血鬼の共生は成り立って、世界的にも影響を及ぼすかもしれない。それに街などに発展していけば、塩などが入ってきて俺は美味しい食事にありつける。

ドラクル村を街の規模へと押し上げる。これが今後しばらくの目標だな。

夜の闇を照らすように太陽が出始めていた。今度は聖魔法ではなくて本物の陽だ。

「見ろ、明ける太陽が村の未来を祝福するように輝き始めたぞ」

俺はわずかに明るくなり始めた夜空を指さす。夜闇を照らすようにうっすらと輝く橙《だいだい》色は、すごく幻想的で美しい。まさに幸先《さいさき》がよい、初日の出みたいだ。

きっとドラクル村も祝福されていると確信するような風景で……。

「吸血鬼の村が太陽に照らされたら地獄」

「あっ」

「おぞましい光ですわ！　早く帰って引きこもりますわよ！」

ミナリーナは嫌そうな顔で走り出した。

「……本当に吸血鬼と人って、同じ方向を向いて進んでいけるのかしら？」

さっそくアリエスが目を細めて俺を見てくる。

なんて前途多難なんだ⁉　いや分かっていたことだ！　そう簡単な話ではないことは！

「同じ方向じゃなくても、一緒に進むことはできるはずだ！　俺は絶対に諦めないからな！」

アリエスに、いや空に向けて叫ぶのだった。

「そんなことより早く戻りますわよ！　理由もなく太陽の下にいるなどごめんですわ！」

俺のことなどどうでもよいとばかりに、翼を生やして空を飛び始めるミナリーナ。

「俺の決意をそんなこと呼ばわり!?」

「太陽に比べれば粗末なことですわ！」

「比較対象が強すぎる！」

俺も空を飛んでミナリーナに追いつく。

きっと今度も大変なことになるのだろう。だが吸血鬼と人が互いに寄り添えば、きっと一緒に生きていけるはずだ。そう思いながら俺は振り向いて、ついてきているイーリとアリエスを……。

「あっ!?　ちょっと待て!?　イーリとアリエスがついてきてない!?　いや空飛んでるから当然か！」

……本当に大丈夫かなぁ？　俺も不安になってきた。いや信じよう、きっと大丈夫だと。

ふと空から村の広場が見えて、先日の祭りの光景が蘇《よみがえ》る。

「また祭りをやりたいものだな。あれは楽しかったし」

そんな声が思いがけず漏れていた。

……アリエス、村に来た吸血鬼たち、ミナリーナ。みんな個性的で面白いメンバーだ。前はいなかった面子《メンツ》も加えて、皆で祭りをしたら前よりもすごく楽しいだろうな。

さっきのベアードとの話を経て、そう改めて思った。

もし人と吸血鬼が一緒にバーベキューをできたら……きっと人と吸血鬼の関係が前に進む。そんな光景を見てみたい、と。

「……よし決めた。村の皆で、人も吸血鬼も吸血鬼狩りも一堂に会して、以前よりも遥かに豪華な食事で祭りをする。それが俺の目標だ」

祭りの日に想った景色。まだ実現は難しいだろうが、きっといつかできるはずだ。

吸血鬼たちは村に住み始めたし、アリエスは少しだけ俺に歩み寄ってくれたのだから。

今後もドラクル村には明るい未来……は、吸血鬼的によくないな。かといって真っ暗は人には悪いから……うす暗い未来が待ってるはずだ！

リュウト・サトウ

人間だった時の名前は佐藤竜斗。ノリは明るく、性格は寛容。ややお人よしなところもありイーリに振り回される。
ジャンクでおいしい物をこよなく愛する会社員時代に医者から「不健康」という名の印を押され、落胆していたところを500年生きた特級吸血鬼であるシェザードによって魂を召喚される。

イーリ

右目に魔眼をもつ少女。シナナ村で身よりもなく一人暮らしていた。リュウトやミナリーナなどの魔物、危機に対しての胆力が強く冷静に物事を判断している。鋭利な言葉の数々でツッコミが炸裂するが本人に悪気は皆無。ミナリーナのみ、彼女の血統に何か気付いているが…？

アリエス

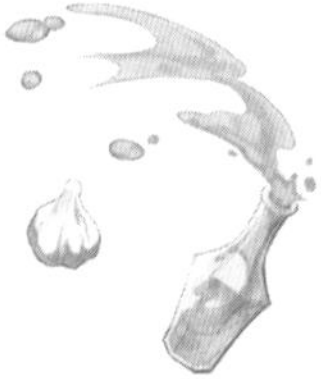

かつて吸血鬼に襲われ、故郷と家族を失った吸血鬼狩り。
「銀の聖女」と言われるほど聖魔法や吸血鬼退治の技術が長けているが、実は運動神経はとてつもなく悪い。根はとても素直で優しく、正義感が強い。

ミナリーナ

リュウトの前身であるシェザードの友人で、特級の吸血鬼。

見た目は幼く美しいが、実年齢は500歳近い。グルメなため共生ではないが、気に入った人間を自分の城で飼い、不自由ない生活と交換で良質な血を飲んでいる。人前では知的に振る舞おうとしているが、隠しきれずにちょくちょくポンコツが漏れている。

あとがき

はじめまして、純クロンと申します。

ラノベを書き始めて約四年、ラノベ作家を目指して約二年が経ちました。こうしてあとがきを書けることになって感無量です。

ペンネームの由来は純銀ならぬ、クロンという未発見物質でできているからです。嘘です。

実際のところ純は自分の名前の一部です。親から最初にもらったものなので、デビューするにあたってどうしても入れたかった。

名前は両親が真剣に考えてくれたものなので大事にしたい。きっとひとつひとつに名づけエピソードがあります。こんな風に育ってほしい、この子の雰囲気は〜だ、可愛い子に自分の名を一文字渡したい、など。

残ったクロンはなにか？　てきとうに思いついて、もはや変えられずに名乗っているだけです。

もう身体がクロンになってしまった……名前はちゃんと考えましょうね！

さてこの作品はＷｅｂで投稿していた作品を、加筆修正改造して出版化したものです。Ｗｅｂ版ではいないキャラもいますし、本来なら一巻時点では出てないのもいます。

一応は一巻時点での大筋と同じですが、それ以外はかなり改善しているつもりです。

この作品の書籍化打診を頂いて本気出して創作の勉強をしたので、よくなっていると思っています。

この作品が売れなかったらという想像をして、必死に改稿を頑張りました。

書籍化してもらったのにＫＡＤＯＫＡＷＡ様に損させたくない、目をつけてもらった編集者様やイラストレーターの方にも申し訳ない！で必死でした。

ここまで本気出したのは人生で初めてと断言できます。大学受験より十倍くらい頑張りました。センター試験一ヵ月前の十二月にゲームしてたので間違いないです。

頑張ったらよいというわけではないですが、Ｗｅｂ版より面白くなっていたら嬉しいです。

さてこの作品は弱点ゼロの吸血鬼に転生した男が、異世界で無双していくお話です。

「弱点ゼロの吸血鬼」に「人間」が転生したからこその作品を書いているつもりです。

弱点ゼロ、吸血鬼。この二つは本来相反するものだと思っています。

吸血鬼は弱点が大量にあるからこそ、信じられない力を持つことを許された怪物です。

怪力、再生能力、変身能力、眷属、催眠などなど……そして弱点を突かないと死にません。

吸血鬼を狩る作品は結構ありますが、銀武器とかで必死に戦ってますよね。

じゃあそんな吸血鬼に弱点がなくなったら？　理不尽過ぎると思います。

無双物は強いことに説得力を持たせる必要があると思うのですが、弱点ゼロの吸血鬼は完全にクリアしているかと。私も倒し方分かりません。

そんなチート主人公ですが、何でも自由になるかと言えばそういうわけではありません。美味しい物もなかなか手に入らず、村人の信頼を得るのに必死です。

これは主人公が人間からの転生者だからこそです。

もし吸血鬼がそのまま弱点ゼロになったら、街を好き放題に襲いまくって美味しい物がいくらでも手に入るでしょうね。でも元が人間なので倫理観でできない。

それに人と吸血鬼の共生もです。弱点ゼロの吸血鬼のチート力でもそうそう解決できないでしょう。

果たしてリュウトは共生を成し遂げられるのか。そして美味しい物が食べられるのか。読んでいただけたら嬉しいです。

ちなみに吸血鬼の肉体を持つのが、現地人ではダメな理由も考えてはいます。お披露目できるほど刊行が続けばいいな！

また二巻以降はＷｅｂ版から更に別物に、かつ面白いものになっていくと思います。なので次巻以降も買ってくださると嬉しいです……！

最後にお世話になった方々に感謝を。

イラストレーターのだいふく様、デザイナー様、校正者様、印刷会社様、この書籍に関わってくださった方々、誠にありがとうございます。

またＷｅｂでこの作品を読んでいただいた方、そして今このあとがきを読んで下さっている方。

皆さまのおかげでこの本を出版できました。誠にありがとうございました。

二〇二三年　純クロン

人間と吸血鬼の
架け橋になるために
ドラクル村の
村長となったリュウト
より村の発展のために
「資金」と「調味料」
獲得に町へ!?
弱点ゼロ吸血鬼の領地改革2
Jakuten Zero Kyuketsuki no Ryouchikaikaku
2023年 冬季発売予定!!

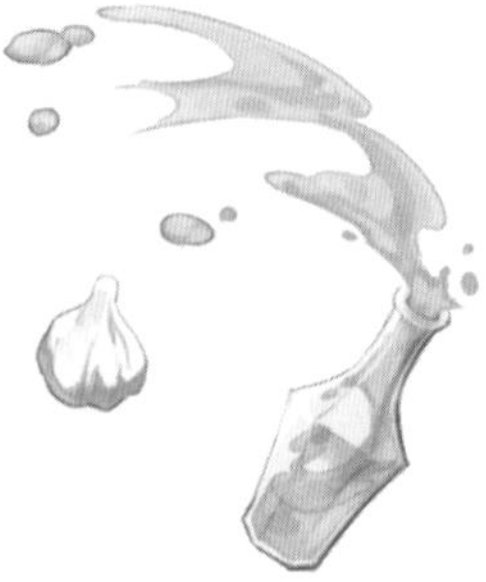

著：純クロン

やや物事を不安視するタイプ。
毎日、家を出た後に鍵を閉めたか不安になる……。
帰ったらいつも閉まっていて安心します。

イラスト：だいふく

はじめまして、だいふくと申します。
『弱点ゼロ吸血鬼』のイラストを担当させていただきました。
クロン先生の文章とともにイラストも楽しんでいただければ幸いです。

弱点ゼロ吸血鬼の領地改革　1

2023年8月30日　初版発行

著　純クロン
イラスト　だいふく

発行者　山下直久
編集　ホビー書籍編集部
編集長　藤田明子
担当　野浪由美恵
装丁　吉田健人(bank to LLC.)

発行　株式会社KADOKAWA
〒102-8177　東京都千代田区富士見2-13-3
電話:0570-002-301(ナビダイヤル)

印刷・製本　図書印刷株式会社

お問い合わせ
https://www.kadokawa.co.jp/(「お問い合わせ」へお進みください)
※内容によっては、お答えできない場合があります。
※サポートは日本国内のみとさせていただきます。
※Japanese text only

定価はカバーに表示してあります。

本書は、カクヨムに掲載された「弱点ゼロ吸血鬼の領地改革」に加筆修正したものです。

Printed in Japan
ISBN: 978-4-04-737594-9 C0093